Joachim Klinger

In Hafenkneipen trifft sich gern der Ringelnatz mit Morgenstern

W0240344

Joachim Klinger

In Hafenkneipen trifft sich gern der Ringelnatz mit Morgenstern

Lyrische Kapriolen
und Karikaturen

Grupello Verlag

DAS AUGE LIEST MIT – schöne Bücher für kluge Leser
Besuchen Sie uns im Internet unter: **www.grupello.de**
Hier finden Sie Leseproben zu allen unseren Büchern, Veranstaltungshinweise und Besprechungen. e-mail: grupello@grupello.de

---

1. Auflage 2002
2. Auflage 2003

© by Grupello Verlag
Schwerinstr. 55 · 40476 Düsseldorf
Tel.: 0211-498 10 10 · Fax: 0211-498 01 83
Druck: Müller, Grevenbroich
Alle Rechte vorbehalten

ISBN 3-933749-76-X

INHALT

Einleitung

Haben sie sich getroffen? Sie könnten sich getroffen haben. Aber haben sie? Diese Frage wollen wir den Germanisten, Literaturhistorikern usw. überlassen. Fest steht: Sie hätten sich gemocht oder doch mindestens geschätzt.

Hätten sie? Sie haben! Nachzulesen in den Gedichten! Sie haben Freundschaft geschlossen, sind Duzbrüder geworden. Sie haben in Kneipen zusammengesessen und gesoffen. Sie haben sich Gedichte vorgelesen, Kritiken angehört, Meinungen ausgetauscht, befragt, beraten, überlistet und gelacht; und wen haben sie nicht alles getroffen?!

Natürlich Korf, Palmström und Fürst Wittgenstein, aber auch Schröder und Topor, Kohl und Kusenberg. Wilhelm Busch? Nein, eigentlich nicht ...

Aber doch ein bißchen!

Natürlich liegen ihre Gräber nebeneinander. Natürlich spuken sie nach ihrem Tode miteinander.

Aber eigentlich sind sie gar nicht tot. Ihre Verse leben. Immer wieder werden Gedichtbände veröffentlicht. Ihre Gedanken und Gestalten bleiben lebendig. Sie selbst also auch. Sonst ginge das nicht.

Was treiben sie gemeinsam lebend, nachdenkend, dichtend? Voilà, hier ist das Buch »In Hafenkneipen trifft sich gern / der Ringelnatz mit Morgenstern!«

Duzfreunde

In Hafenkneipen trifft sich gern
der Ringelnatz mit Morgenstern.
Ich kenne beide flüchtig.
Sie trinken meistens tüchtig.
»Die Freundschaft hält die Sorgen fern«,
sagt Ringelnatz zu Morgenstern,
»sag ›Du‹ zu mir, du Schnecke,
eh' ich dich niederstrecke!«
»Du bist ein rechter Schlingelschatz«,
sagt Morgenstern zu Ringelnatz
und setzt sich groß in Pose,
»du leichter Leichtmatrose!
Ich aber fuhr als Steuermann
und nahm nicht jede Heuer an.
Doch weil du malst und Verse schreibst,
nenn' ich dich Freund, du bist und bleibst
ein Knallbonbon mit Zucker!«
»Doch auch ein armer Schlucker«,
seufzt Ringelnatz und blickt ins Glas,
»ein Träumer ohne alles Maß,
ein Schlucker, der den Kümmel schluckt
und Witze reißt und schreit und muckt,
bis erste Hähne krähen.«
»Wer bläst, muß sich auch blähen«,
lacht Morgenstern und greift Papier.
Er faltet es und klebt mit Bier
ein Luftschiff, groß und prächtig.
Sein Freund, der schweigt verdächtig.
Er biegt – es wird schon heller –
den Löffel zum Propeller.
Und siehe da, das Flugzeug startet,
bevor man es noch recht erwartet.
Erst saust es in die Ecke links,
dann steigt es jäh, das Teufelsdings,
durch Tabakdunst und Schnapsgeruch
und geht am Tresen laut zu Bruch,
inmitten voller Krüge.
So enden viele Flüge.

»Mit Phantasie und etwas Glück
kommt dieses Flugzeug einst zurück,
ich bitte Gott den Herrn!«
ruft flehend Morgenstern.
Und Ringelnatz beschwört den Geist,
der Jungfrau'n in den Hintern beißt.
Der Wirt sieht manches Glas zerschellt
und kommt, die beiden geben Geld.
Zwar knurrt der Ringelnatz noch »Herr!« –
der Wirt bleibt hart! Die Stunde Sperr'
ist plötzlich eingetreten.
»So laßt uns geh'n und beten«,
spricht Morgenstern und greift
sich Ringelnatz, der fröhlich pfeift.

Seepferdchen

»O Schluchtenhund, o Krustentier,
o Mondkalb und Gewitterstier!«
rief Morgenstern nach Schnaps und Bier,
»kommt an den Tisch und bleibt bei mir!«
Doch alles, was darauf erschien,
war Ringelnatz aus Klein Polzin.

Nun war aus Sicht des Zoologen
mitnichten Morgenstern betrogen.
Seepferdchen ist – mit einem Satz –
nichts and're als ein Ringelnatz.
So in der Sprache der Matrosen
und auch vermerkt auf Feinkostdosen.

»Was grinst du?« fragte Morgenstern
den ihm recht gut bekannten Herrn.
Der, durstig trinkend, sagte: »Weil –
ich steh' noch immer nicht im Schmeil.
Doch bin ich doppelt existent,
da man mich Ringelnatz auch nennt.
Der *Bötticher*, der lebt im Staat
als der Behördenadressat.
Für dich, die Wirte und den Schatz
bleib' ich der treue Ringelnatz.«

Nach Stunden kam, wie angenehm,
dann noch das dicke Nasobem.
Befragt nach seinem Herzenswunsch,
bestellte es Orangenpunsch.
Dann wurde es recht heiter
und laut, na und so weiter.

In Pension

Morgenstern als Pensionär
überlegt von ungefähr,
wie er nun, zwar noch betitelt,
seinen Ruhestand vermittelt.
Daß man weiß: Er ist passé,
nämlich was sein Amt betrifft,
schreibt er einfach kurz »a. D.«?
Wählt er keine läng're Schrift?
Was sagt klar und lapidar:
Er macht nicht mehr, was er war?
i-Punkt R-Punkt, ach, das tut
gerade so, als ob er ruht.
»Ehemalig« klingt zu morsch.
Forschend schlägt er nach und forsch
in den Büchern, groß und schwer,
schließlich auch im *dictionnaire!*
»Ancien« – so kann er lesen –
sei berufliches Gewesen,
aus dem Amte ausgeschieden.
Morgenstern ist sehr zufrieden,
schreibt das Wörtchen eigenhändig
und führt diesen Zusatz ständig.

Ringelnatz, zwar frankophil,
sprachlich aber nicht versiert,
sieht das Ganze als ein Spiel
und den Namen hübsch verziert.
»Anker« buchstabiert er leise
statt »ancien« in rechter Weise.
Er erkennt mit einem Pfiff:
Ja, vor Anker ging sein Schiff.
So – durch Zufall? *Pas du tout!* –
stößt ihm die Bedeutung zu.

Zahnersatz

Morgenstern und Ringelnatz
sprechen oft vom Zahnersatz,
der von Meisterhand entwickelt,
auch das zähe Fleisch zerstückelt,
selbst den Apfel teilt und kaut,
daß man ihn als Mus verdaut.
Und die beiden sind gewiß:
Herrlich ist ein Kunstgebiß.
Ohne es wirkt man verstümmelt,
quält beim Essen sich und mümmelt.
Trägt man es in seinem Mund,
fühlt man jung sich und gesund.

Nur des Nachts im Wasserglas
ist sein Anblick gar kein Spaß.
Darin sind sich beide einig:
Plötzlich ist es starr und steinig.
Zähnefletschend macht es »Beiß«.
Man erschrickt, erkennt und weiß:
Dieses ist ein Gegenstand,
kein Geschenk aus Gottes Hand.

Wegweiser

Palmström, Korf und Morgenstern
treffen einen fremden Herrn,
der sie nach dem Bahnhof fragt.
Korf entfaltet unverzagt
einen Stadtplan und erklärt,
wie man rasch zum Bahnhof fährt.
Morgenstern, der lieber schlendert,
weist auf Wege, rot umrändert.
Palmström spricht von Himmelszeichen,
die bei Sonnenschein verbleichen,
deshalb tags ein wenig bläßlich,
aber in der Nacht verläßlich.
Der Belehrte, plötzlich fahl,
flüchtet in ein Bierlokal.

Dieselbe Dame

Ringelnatz und Morgenstern
schlendern durch die Hafengassen.
Eine Frau sieht sie von fern
und taxiert sie als zwei Herrn,
die sich rasch verführen lassen.
So zeigt sie ihr schönstes Lächeln,
hält ihr blondes Köpfchen schief.
Morgenstern fängt an zu schwächeln,
will mit einem Geldschein fächeln.
Ringelnatz, der atmet tief.

Letztes Jahr nach später Landung
zog sie ihn ins Kissental,
ungestüm wie eine Brandung,
eine Perle mit Umrandung,
sagen wir aus bestem Stahl.

O, sie war ein As im Bett,
und er zahlte gern den Sold.
Sie entließ ihn rasch kokett.
Später dann auf dem Klosett
fehlte ihm die Uhr aus Gold.

»Dieser Herr ist Graf und Pole«,
Ringelnatz sprach mit Bravour,
»glaub mir, daß ich dich versohle
nimmst du ihm die letzte Kohle,
und zum Schluß noch seine Uhr.«

Morgenstern ist schnell entschwunden.
Ringelnatz betrank sich nur,
leckend seines Lebens Wunden.
Morgenstern hat ihn gefunden,
zeigte ihm die gold'ne Uhr.
Kichernd sprach er: »Alter, denk!
Dies gab sie mir als Geschenk.«

Mummenschanz

Beim Mummenschanz geht Morgenstern
im dicken Wams als Wallenstein
und Ringelnatz als Zäpfel Kern.
»Wie tief mußt du gefallen sein!«
sprach Morgenstern vergrämt,
»als Puppe und Pinocchio –
da ist man nur ein kleiner Floh.
Ich hätte mich geschämt!«

Doch Ringelnatz zeigt voller Stolz,
wie er sich nun bewegt.
Man denkt: Der Mann ist ganz aus Holz,
geschnitzt und ausgesägt.
Dann sagte er – und das betont –:
»Steh' du nur da als Fels!
Ich weiß, daß in dem schönen Pelz
so manches Läuslein wohnt.«

Schwips

Ringelnatz hat einen Schwips,
und dann fängt er an zu spinnen.
Plötzlich geht das Reh aus Gips
mit gestelztem Gang von hinnen.
Oder jenes kleine Wiesel,
einst von Morgenstern entdeckt,
fällt ins Wasser von dem Kiesel,
weil es einen Lutscher leckt.
Elefanten balancieren
gern auf hingestreckten Bäumen,
wo sie kaum den Halt verlieren,
wenn sie nicht beim Gehen träumen.
Und es lieben die Giganten
das begabte Dromedar.
Dieses singt mit zwei Verwandten
wie ein echter Superstar.
Bald verkauft man die CD
mit Klaviermusik vom Reh.

Das Huhn

Ringelnatz auf Bahnsteig sieben
sieht ein Huhn, das sich dort putzt.
Morgenstern hat es beschrieben,
Ringelnatz ist ganz verdutzt.
Dieses Huhn scheint unbeirrt
sein Gefieder herzurichten,
und – soweit das sichtbar wird –
stört den Bahnbetrieb mitnichten.
Ringelnatz fragt sich besorgt,
als er seinen Wein entkorkt,
ob das Huhn hier Bleibe finde
oder doch im Lärm verschwinde.
Das Problem jedoch entfällt,
als ein Zug am Bahnsteig hält.
Frohgemut tritt da heraus
ein Galan mit einem Strauß.
»Wie?« fragst du, »was heißt Galan?«
Meine Antwort: »Nun, ein Hahn!«

Ach, wie freut sich da das Huhn!
Und nun soll die Sache ruhn.

Pinguin

Ein Pinguin
direkt aus Wien
vom Heldenplatz
kam montagsfrüh
nach langer Müh
zu Ringelnatz.

Der Dichter bot
nicht Salz, nicht Brot,
er bot ein Faß.
Das Tier genoß
als Wasser floß
das kühle Naß.

»Ich habe«, sprach es, »demonstriert
und wurde danach exmittiert
zusammen mit dem Känguruh.
Man sagt, das war ein Waterloo.
Geschlossen bleibt der ganze Zoo
und auch der Park bleibt zu.

Das Känguruh sprang schnell davon,
ich glaub nach Leipzig oder Bonn.
Dort hat es wohl Verwandte.
Ich schleppte mich zum Bahnhof West.
Der lange Weg gab mir den Rest,
und dann die Bahnsteigkante!

Es gibt doch Güte auf der Welt!
Ein Herr kauft mir mit seinem Geld
ein Ticket erster Klasse.
Dazu noch reichlich Speiseeis.
Ich aß nur drei, soviel ich weiß.
Er war wohl gut bei Kasse.

Als ich im Zug mein Leid geklagt,
hat mir derselbe Mensch gesagt:
›Ich kenne die Adresse
von einem Dichter in Berlin,
der duzt noch jeden Pinguin
und strotzt vor Politesse.‹«

Der Pinguin mit viel Gefühl
bat Ringelnatz um Tierasyl.

Seitdem lebt Ringelnatz zu zweit
in wäss'riger Gemütlichkeit,
kauft eimerweise Fische,
natürlich nur ganz frische.
Herr Morgenstern
bleibt nunmehr fern.
Und auch im alten Stammlokal
sitzt er beim trauten Mittagsmahl
versteckt in einer Nische.

Die Geiß

Eine Geiß mit langer Kette
fraß am Wegrand dürres Gras.
Nebenan auf der Stafette
hockte Ringelnatz und las.

Diese Geiß voll tausend Tücken,
die an ihrer Kette zog,
stieß ihn heftig in den Rücken,
daß er jäh zu Boden flog.

Überdies mit kurzem Meckern
schlang das Manuskript ihr Maul.
Wie um Geistesgut zu schleckern,
kaute sie die Blätter faul.

Ringelnatz, verhalten fluchend,
sah, was seinem Werk geschah,
kroch nach einer Stelle suchend,
wo er ihr nicht mehr so nah.

Dort in sicheren Regionen
schrie er aufgeregt: »Du Aas!
Wirst du meine Blätter schonen?!«
Doch die Ziege fraß und fraß.

Stur wie manche Bösewichter
schloß sie ab die böse Tat,
blickte hämisch auf den Dichter:
Sieh, da haste den Salat!

Morgenstern, der dieses hörte,
sprach mit Ernst den Kommentar:
»Daß sie dich beim Lesen störte,
tat sie, weil sie böse war.

Daß sie dich dann noch verletzte,
zeugt von gleicher schlimmer Art.
Doch daß sie dein Werk zerfetzte,
trifft uns Dichter dreifach hart.

Einmal, weil es ganz verschwunden,
zweitens in der Ziege Schlund,
und als Dichtung nicht empfunden
kommt es drittens auf den Hund.

Freund, ich kann dich schwerlich trösten.
Glasig glotzend liegt das Tier
irgendwo mit deinen größten
Versen und verdaut Papier.

Doch wir müssen es ertragen,
Leiden ist des Dichters Los.
Hoffen wir, im Ziegenmagen
bildet sich ein Syntax-Kloß.«

Im Zoo

Ringelnatz und Morgenstern
gehen beide äußerst gern
hin und wieder in den Zoo.
Sie betrachten die Gestalten
und studieren das Verhalten
aller Tiere herzensfroh.

Ihrerseits die Tiere mögen
beide Dichter ungemein.
Echsen schwimmen kesse Bögen,
Eisbär hebt das Hinterbein.
Warzenschweine salutieren.
Dromedar und Elch stolzieren
statt wie sonst auf allen Vieren
dieses Mal nur noch auf Zwein.

Höhepunkt des Zoobesuches
ist die Sause im Café.
Mit der Last des Gästebuches
zeigt sich gleich ein kleines Reh.
Kellner ist ein Pinguin,
Klofrau Dame Hermelin,
Nilpferd *fait la cuisine*.

Wenn die Dichter deklamieren,
schleicht und schlurft es rasch heran.
Plötzlich wimmelt es von Tieren,
kaum daß man noch stehen kann.
Selbst der lahme Kragenbär,
kam auf einem Wagen her.

Leider kennt auf diesem Sektor
kaum Humor der Zoodirektor.
Er tritt auf und ruft: »O, stör' ich?!
Dieses find' ich ungehörig.
Jedes Tier auf seinen Platz!«
Und zu jenen beiden Herrn,
Morgenstern und Ringelnatz:
»Halten Sie sich künftig fern!«

Gnu

Das Gnu, das große Gnu
macht seine Augen zu
voll freundlicher Gesinnung,
denkt nicht an Lustgewinnung.
Es kaut die Halme ohne Harm,
und fehlt ihm auch ein bißchen Charme,
so ist sein Anblick Harmonie,
und es gewinnt an Sympathie.

»Sieh«, dozierte Morgenstern,
»dieses Tier vermeidet Streit,
sehnt sich nach Behaglichkeit
und bleibt fremden Tieren fern.
Ganz für sich erst ist ihm wohl,
deshalb ist es ein Symbol
für die friedliche Natur.
Folgten wir dem Beispiel nur!«

Ringelnatz verhält sich kühl:
»Riecht es nicht erheblich streng?
Jedenfalls für mein Gefühl ...
Möcht' es nicht mal zum Geschenk!«

Dann entschwinden die Poeten.
Schweigend ruht das große Gnu,
reagiert auch nicht betreten
und macht seine Augen zu.

Märchen

Morgenstern und Ringelnatz
lieben Sagen und Legenden,
und ihr eig'ner Märchenschatz
ist enorm und will nicht enden.
Allerdings – sie sind ja Dichter –
spinnen sie auch selbst Histörchen.
Ihr Gelumpe und Gelichter
tummelt sich mit Mohr und Möhrchen.
Sie erfinden Fabelwesen,
die im Turm von Babel lesen
und diverse Spukgestalten,
die sich erst im Flug entfalten.
Oder eine Montagskatze,
die mit Hilfe der Matratze
erst von Danzig bis nach Kiel,
später dann vom Rhein zum Nil
auf dem Wasser sich bewegt
und dabei Patiencen legt.
Schließlich noch der Herr Pardauz.
Im Besitz des Zauberkrauts
hat er Zwillinge geteilt
und von Beulenpest geheilt.

Wie die Dichter sich erhitzen!
Wie Ideen blendend blitzen!
Wie die Kinder lauschend hocken!
Wie die Atemstöße stocken!

Doch dann brauchen alle Ruhe,
und man schließt die Märchentruhe.

Kasperletheater

Ringelnatz spielt liebend gern
Kasperletheater,
und dann kommt auch Morgenstern
als ein stolzer Vater.
Er bringt Korf und Palmström mit,
also kommen sie zu dritt.
Ringelnatz spielt stets dies Stück:
König und sein Kind im Glück.
Dann das große Feuer
mit dem Ungeheuer.
Raubt Prinzessin, Krone, Ring,
einsam weinend bleibt der King.
Doch der Räuber nicht ganz ohne
stiehlt den Ring und auch die Krone.
Die Prinzessin ist verschwunden
trotz der Suche mit zwei Hunden.
Und der Polizist, der Schelm,
scheitert schändlich ohne Helm.
Ritter, Knappen, mutbesessen,
werden einfach aufgefressen.
Erst als letztes Aufgebot
schlägt das Biest der Kasper tot.
Zieht des Königs Töchterlein
aus der tiefen Drachenhöhle,
fängt auch noch den Räuber ein.
Doch der Teufel mit Gegröle
will sich diesen Lumpen holen.
So muß Kasper ihn versohlen.
Und nun naht die Hochzeitsfeier.
Aber wo sind denn die Freier?
Starben alle ganz barbarisch.
König sieht den kühnen Retter:
»Willst du nicht, potz Donnerwetter?!«
Kasper aber, nicht mal arisch,
zeigt sich plötzlich proletarisch.
»Ich«, sagt er, »bin Pazifist
und dein Volk – was du vergißt.
Nein, ich will nur Pinke-Pinke«,

und er putzt ganz schnell die Klinke.
Letztlich wird der Polizist
Prinz und Ehegatte.
Es gibt Zuckerwatte.
Dann ist die Geschichte aus.
Klar, sie endet mit Applaus.
Was ich schon vergessen hatte.

Das Mondkalb

Das Mondkalb
ist bei Halbmond halb
und nur bei Vollmond voll zu sehen
vom Kopf bis zu den Zehen.

Der Mondmann ist hingegen
dem Mondkalb überlegen.
Mit Hilfe einer Lampe
steht er auf seiner Rampe,
beleuchtet und im Licht,
weshalb er spöttisch spricht:

»Du Mondkalb bist
und bist auch nicht –
ein Wesen zweifelhafter Existenz,
verläßlich kaum, zu jeder Frist
mit immer wechselndem Gesicht.«

Das Mondkalb denkt mit *common sense*:
»Ich fühl' mich wohl, mir ist egal,
wie mich die andern sehen.
Mal bin ich breit, mal bin ich schmal,
so mag das weitergehen.«

Straßenbahn

Ringelnatz mit schlimmem Zahn
steht an einer Haltestelle,
wartet auf die Straßenbahn,
daß ihn diese auf die Schnelle
in die Stadt zum Zahnarzt trage,
zwecks Verbesserung der Lage.

Ringelnatz, stark angeschwollen,
insbesond're im Gesicht,
hört die Straßenbahn nicht rollen,
und er sieht die Bahn auch nicht.
Unfall, Stockung im Verkehr?
Ganz egal, sie kommt nicht her.

Ringelnatz, nach einer Stunde,
siedet heiß vor Schmerz und Wut.
Sein Gesicht ist eine Wunde,
und sein Mund ist voller Blut.
Keine Straßenbahn in Sicht,
drängt es ihn nun zum Verzicht.

Hundert Schritte kaum gegangen,
hört er das vertraute Rollen,
und er sieht sie voll Verlangen.
Warum hätt' sie halten sollen?
Wartet niemand? Na, denn wer?
Und im Innern war sie leer.

Wie es sich nicht selten fügt,
folgt der ersten Bahn die zweite.
Ringelnatz, dem das genügt,
tritt mit bösem Blick beiseite.
Und als schlechter Weggeselle
kehrt er um zur Haltestelle.

Angelangt dort in der Mitte,
lächelt er nur leicht verbissen.
Sieh, da naht schon eine Dritte,
und sie hält auch ganz beflissen.
Ringelnatz zeigt keine Regung.
Er versagt sich der Bewegung.

Er steht stumm, die Bahn entschwindet.
Sehr subtil ist seine Rache
und erleichternd, wie er findet.
Demut ist nicht seine Sache!
Wenn auch etwas invalid,
geht er heim und summt ein Lied.

Blinddarm

Morgenstern liegt im Spital,
und er ist deshalb verdrießlich.
Zwar der Chefarzt ist jovial,
freundlich auch das Personal,
doch was soll das Ganze schließlich?

»Blinddarm« lautet der Befund,
und der wird auch rasch entfernt.
So entfällt des Bleibens Grund,
der Patient ist kerngesund,
fühlt sich aber wie entkernt.

Das Organ sei schlicht entbehrlich,
sagt der Chefarzt konziliant.
Und er wirkt dabei ganz ehrlich.
Plötzlich war das Ding beschwerlich,
nun liegt es in seiner Hand.

Was, fragt Morgenstern sich nur,
war der Sinn und die Funktion?!
Eine Laune der Natur
und von Planung keine Spur?!
Dies spricht der Erfahrung Hohn.

Fehler macht der Meister nicht,
Er, der Eva schuf aus Rippchen.
Doch die Wahrheit kommt ans Licht:
Teufel! Ja, der Bösewicht
schlug hier seinem Herrn ein Schnippchen!

Schluckauf

Anfangs macht es einmal »hicks«,
dann kommt eine Zeitlang nix.
Ringelnatz denkt hoffnungsfroh:
Na, das geht ja noch mal so!
Falsch gedacht! Auf einmal zuckt
laut ein »Hups« den Hals hinauf.
Hat er sich vielleicht verschluckt?
Gießt er jetzt wohl Wasser drauf?
Nein – so heißt es – langsam schnaufen,
nur nicht reden, essen, saufen!
Ohne Atmung steht die Lunge,
matt im Munde ruht die Zunge.
Lange hält er das nicht aus,
japst wie nach der Jagd ein Hund.
Plötzlich bebt das ganze Haus:
»Urks«, so dröhnt es aus dem Mund.

Schluckauf nennt man diese Störung,
die den Menschen stößt und schüttelt,
und man bittet um Erhörung,
während es am Brustkorb rüttelt.
Hunde fliehen oder bellen.
Katzen fauchen aufgeschreckt.
Fische schlagen hohe Wellen.
Menschen fühlen sich geneckt.

Ringelnatz wirft sich verbissen
in sein Bett und stellt sich tot,
auf dem Mund ein Daunenkissen
macht er Schweigen zum Gebot.
Siehe da, nach zehn Minuten
ist der Schluckauf weg und fort!
Ringelnatz hat Nasenbluten
und vermeidet jedes Wort.

Jedenfalls – um Gottes Willen –
hört ihn endlich niemand mehr.
Er sucht seinen Groll zu stillen,
doch die Flasche ist schon leer.
Also schreibt er ein Gedicht.
Mit dem Schluckauf ging das nicht.

In Paris

Ringelnatz besucht Paris,
sitzt dort meistens im Café,
schreibt dann wohl auch das und dies,
blickt besorgt ins Portemonnaie.
Ach, die Luft ist weich wie Seide,
und die Sonne blinzelt träge!
Ringelnatz steht bald in Kreide,
und der Kellner guckt schon schräge.
Dieser Deutsche – warum soff er?
Will er Liebesschmerz ertränken?
Ringelnatz versetzt den Koffer,
muß sich nun nicht mehr beschränken,
zahlt die Zeche rasch in bar
und trabt auf den Boulevard.

Abends steht er ziemlich lahm
vor der Kirche Notre-Dame.
Macht mit nassem *parapluie*
an der Seine einen Marsch noch,
flüchtet in die *boîte de nuit*
und trifft dort ein altes Arschloch.
Topor drückt ihn an die Brust:
»Du, mein Freund? Ich hab's gewußt!«
Sekt bestellt und schwer gezecht –
Topor ist's, der alles blecht.

Später zeichnet Topor Tiere,
und er zeichnet deren viele,
meistens sind es geile Stiere,
Antilopen, Krokodile.
Dann, zum Schluß, das Einhorn tänzelnd
und mit seinem Schwanze schwänzelnd.
Leider auch – und das bereut er –
wie die Kuh mit großem Euter.

Ringelnatz ist ganz begeistert,
lobt den Freund, der dies gemeistert:
»Herrlich, dieser Pegasus!
Schenkt uns Milch im Überfluß!
Aber letztlich ist er ja
eine echte Pegasa!«
»Und das Horn?« fragt Topor leise,
»ist es noch dem Bild gemäß?«
Ringelnatz, der nickt nur weise:
»Du, da kenn' ich ein Gesäß ...«

Nachtlokal

Morgenstern und sein Freund Ringel –
wohin gehen diese Schlingel?
In ein schwarzes Nachtlokal,
kolossal und epochal,
sehr verrucht und kellertief,
Tabakdunst und Rauschgiftmief.
Hier verkehrt, was kreativ,
ferner, was vom Laster schief
und von Tücke krummgezogen,
sowie Plebs und Demagogen.

Dieser Wirt wiegt ungelogen
sieben Zentner und noch mehr,
und die Theke steht im Bogen,
und kein Glas ist jemals leer!
Kellner sind zwei junge Neger,
schwarz vom Scheitel zu den Zehen.
Zwar man kann nicht alles sehen,
sonst wär' der Verkehr noch reger.

An der Bar hockt Lola Montez,
träge nun und ziemlich schwer.
Früher sagte man: »Die konnt' es.«
Doch das ist schon lange her.
Tänzerin ist die Binette,
nackt mit einem roten Schal.
Diesen trägt sie auch im Bette,
freilich nur das erste Mal.

Philipp heißt der Boy, der tanzt.
Manche nennen ihn nur Fips.
Ist sein Hemd auch ausgefranst,
er trägt Slip und langen Schlips.
Schwule lieben seine Beine!
Sie sind schlank und weiß wie Gips.
Lächelnd nimmt er große Scheine,
steckt sie in den Schlitz des Slips.
Ja, das Jüngelchen hat Grips.

Manchmal kommen zwei Athleten
oder auch der Feuerschlucker
oder der mit den Trompeten
und der Händler mit dem Zucker.
Sonntags hört man wohl Kantaten,
und es spricht ein Ex-Kaplan.
Immer singen drei Kastraten
und ein Chor der Eisenbahn.

Mancher kommt hier schnell in Rage
Wodka, Whisky und Absinth
trinkt man schon vor der Massage.
Und verborgen tief im Spind
hat der Wirt auch Calvados.
Der legt Leidenschaften bloß!

Stundenlang kann man erzählen
über das Lokal »Le Noir«.
Spannend ist's in allen Sälen,
und man fragt: »Wer ist der Star?«

Sucht Ihr etwa Informanten?
Nun, die nenne ich Euch gern:
die seit langem wohlbekannten
Ringelnatz und Morgenstern.

Au revoir

Nach dem letzten Sturm auf See
hat er seinen Dienst quittiert.
Zwar es ist ihm nichts passiert,
doch im Innern flüstert's: »Geh!«

Dann an Land und bar bezahlt,
läßt er seinen Seesack pendeln.
Er hat Lust mal anzubändeln,
doch die Mädchen sind bemalt,

blaß und dünn, das Haar geteert.
Ringelnatz weiß aus Erfahrung:
Das ist nicht die rechte Nahrung,
wenn ein Sailor heimgekehrt.

So geht er in's Stammlokal.
Lotte ist nicht da, die kesse.
Jemand findet die Adresse.
Lotte war, weiß Gott, nie schmal.

Auf dem Weg entlang am Dock
denkt er froh an den enormen
Busen und die and'ren Formen,
knapp bedeckt von ihrem Rock.

Schließlich an die Tür gelehnt
Drückt er heftig auf die Klingel,
und sie öffnet: »Ach, der Ringel!«
Lotte wirkt jetzt sehr gedehnt.

Ringelnatz, obwohl geschockt,
präsentiert sofort Geschenke,
knackend spreizt er die Gelenke.
Lotte trägt das Haar gelockt.

Fleckig ist ihr Camisole.
Nebenan, das kann man hören,
toben fröhlich drei, vier Gören.
Außerdem riecht es nach Kohl.

»Sei nicht böse!« bittet Lotte,
»erstens ist es ziemlich spät,
zweitens bin ich auf Diät.«
Ja, sie ist nicht mehr die flotte.

Ringelnatz trinkt und erzählt,
um den Schock zu übertünchen,
morgen reise er nach München,
wo er sich demnächst vermählt.

Als sie ihn zur Treppe führt,
sagt sie leise: »Au revoir!«,
streichelt ihm das wirre Haar,
und so scheidet er gerührt.

Ausflüge

Beim Morgenritt im Reiterkleid
sieht Morgenstern mit Heiterkeit,
wie Ringelnatz sich fortbewegt.
Er tut's, wie man zu sagen pflegt,
auf Schusters Rappen, ohne Eile
und schafft dabei so manche Meile.

»Hör du«, sagt Morgenstern von oben,
das Pferd an seinem Zügel haltend
und damit auf recht langsam schaltend:
»Zwar ist dein Ausflug sehr zu loben,
doch kommst du so nicht eben weit.
Auch fehlt es an Bequemlichkeit.«

»Hör du«, sagt Ringelnatz von unten,
»du hast dein Pferd und dein Gesäß.
Ich aber – ganz naturgemäß –
bin Teil der Welt, der großen bunten,
die – während sie mein Fuß durchschreitet –
mit Duft und Bild mich still begleitet.«

Herr Morgenstern steigt rasch herab,
tritt Ringelnatz zur Seite.
Er spricht gerührt, und deshalb knapp:
»Daß uns dein Wort geleite!
Du sprachst so schöne Dichtung.
Ich folge deiner Richtung.«

Das Pferd jedoch
stand lange noch
und scharrte mit dem Huf.
Es wurde blaß im Dämmerlicht,
doch eine Weisung ward ihm nicht,
kein Stubs, kein Pfiff, kein Ruf.
So kam es, daß die Pflicht entwich,
und was an ihm war körperlich,
entschwand wie sein Beruf.

Vogelscheuche

Als Morgenstern nach Hause keucht,
am Ackerrain entlang,
da wird er plötzlich aufgescheucht.
Wahrhaftig wird ihm bang.

Auf einem leeren Felde steht
die Vogelscheuche stumm.
Von kalten Winden angeweht,
hält sie sich schief und krumm.

Sie winkt und wedelt mit dem Hut.
Doch niemand grüßt zurück.
Da wächst in ihr die Scheuchenwut:
Das ist ein starkes Stück!

Und weil auch Morgenstern nicht grüßt,
wirft sie mit einem Stock.
Der Dichter, der für alle büßt,
stürzt jählings wie ein Block.

Bewußtlos liegt er da und feucht.
Als er sich schließlich regt,
steht noch die Scheuche da und scheucht,
was sich im Feld bewegt.

Das Knie

An einem Sommerabend ging
durch Köln ein wunderliches Ding,
sehr weiß, sehr rund und fein.
Vielleicht ein heller Schmetterling,
ein Puderdöschen, blaß und pink
– was mochte es wohl sein?
Doch weil es lautlos ging und flink,
in Köln am Barbarossa-Ring,
schritt selbst der Dom nicht ein.
Er, der die alte Stadt bewacht,
hat einen kleinen Knicks gemacht.
Da knickste auch das Ding.
Und plötzlich wurde offenbar,
daß dieses Ding ein Knie ja war
und gar kein Schmetterling.

Ein Herr zitierte das Gedicht,
Sie wissen schon, von wem ...
Und mit begeistertem Gesicht
sprach er vom Nasobem.

Die Uhr schlug 4711,
und schon verschwand das Knie.
Seitdem, so wahr der Dichter helf,
sah man es nicht und nie.

Korf in Düsseldorf

»Ich bin hier in Düsseldorf«,
schreibt Joachim Ringelnatz,
»gestern abend traf ich Korf
nahe am Graf-Adolf-Platz,
und er grüßte gut gelaunt –
beides hat mich sehr erstaunt.
Denn bis heute dacht' ich nur,
Korf sei eine Kunstfigur,
bleibe nah dem, der ihn schuf,
wartend auf des Meisters Ruf.«

Morgenstern, der eben dichtet,
liest den Brief nur oberflächlich.
Doch dann fühlt er sich verpflichtet
zur Erklärung – nebensächlich:

> »Die Gestalten jeder Dichtung
> suchen Wege sich und Richtung
> lösen sich von ihrer Handlung
> und beginnen die Verwandlung.
>
> Korf, mit dreißig ungefähr,
> wurde Arzt, dann Vet'rinär.
> Er kuriert in Düsseldorf
> Schweine nun vom Rüsselschorf.«

Ringelnatz in Düsseldorf

Ringelnatz, noch immer an der Düssel,
schreibt vor seiner Weiterfahrt nach Brüssel
an den Freund in Erkelenz:
»Dankend les' ich die Erklärung.
Korf ist sozusagen auf Bewährung
hier in neuer Existenz.

In Berlin war er noch unbeschreiblich,
damals weder männ- noch weiblich.
Wie Du sagst: ein unsichtbarer Geist.
In Gedichten eingerichtet,
hat sich dieser Geist verdichtet,
bis er körperhaft verreist.

Lieber Morgenstern, ich meine,
was Du schreibst, bekommt auch Beine,
denn es hatte Hand und Fuß.
Jedenfalls mich freut, daß Korf
greifbar ist und nicht amorph.
So bin ich mit Freundschaftsgruß

Ringelnatz in Düsseldorf«

Guillotine

Morgenstern hat eine Guillotine,
die er häufig auch bedient,
meist mit jener Andachtsmiene,
wie man Ski-Unfälle schient.
Nein, hier will Sie niemand narren
oder fürchterlich erschrecken.
Morgenstern köpft nur Zigarren,
um sie in den Mund zu stecken.
Und die kleine Guillotine
tut getreulich ihre Pflicht.
Jene blutige Maschine
in Paris, die kennt sie nicht.
Morgenstern hingegen denkt
an Danton und Robespierre,
denen er das Leben schenkt –
Wenn das nur noch möglich wär'!
Und im Rauche der Zigarren
sieht er jenen Schinderkarren
mit Maria Antoinette
und den Herren vom Parkett.
Ist der Tabak auch vorzüglich,
scheint das Bild doch kaum vergnüglich.
Er begräbt im Aschenbecher
alle Opfer und Verbrecher.

Stille

»Hör' doch einmal diese Stille!«
Morgenstern hebt seine Hand.
Ringelnatz sucht seine Brille
und benimmt sich ungalant,
hüstelt, pustet, hustet laut,
spuckend, was noch unverdaut.

Dies erzürnt den Kettenhund,
der im Hofe liegend schlummert.
Er tut seinen Unmut kund,
bis ein Rentner rastlos bummert.
Eine Frau beginnt zu keifen,
Gören üben sich im Pfeifen.
Kurz, ganz schrecklich ist der Lärm,
wühlt im Kopf und im Gedärm.

Morgenstern vergräbt sein Haupt,
einer Illusion beraubt.
Stille, sollte sie sich zeigen,
schützt am besten man mit Schweigen.
Wird sie, flüsternd nur, beschworen,
bombardiert bald Lärm die Ohren.

Im Café Kranzler

Ringelnatz im Café Kranzler
sieht den deutschen Bundeskanzler,
setzt sich zu ihm und bestellt
ein Glas Bier vom letzten Geld.
Schröder runzelt seine Brauen.
Kann er diesem Mann vertrauen?
Scheu erhebend sich vom Platz,
flüstert dieser: »Ringelnatz!«
»Ist das nicht das Pseudonym
von dem kleinen Norbert Blüm?«
fragt der Kanzler leicht verdrossen,
»oder war das Wilhelm Busch?«
Dann denkt er an die Genossen
und ist plötzlich weg im Husch.

Ja, so ist der Gerhard Schröder!
Der schnappt nicht nach jedem Köder!

Eisbein, Sauerkraut und Kohl

Ringelnatz im Stammlokal
sieht am Ecktisch Helmut Kohl.
Dieser ißt sein Mittagsmahl
und befindet sich recht wohl.
Seit man hier die Mauer baut,
gibt es täglich Sauerkraut.
Und auch als die Mauer fiel,
blieb das Sauerkraut im Spiel.
Kohl, der Eisbein heiß verehrt,
nimmt das Sauerkraut in Kauf,
und nachdem er es verzehrt,
legt er rote Grütze drauf,
schiebt dann schließlich hinterher
einen reifen Camembert,
und, damit der Magen kühlt,
hat er Landwein nachgespült.

Dieser Mann, denkt Ringelnatz,
weiß das Leben zu genießen.
Spendenausschuß, Pressehatz
können ihn wohl kaum verdrießen.
Unbekümmert vom Skandal,
zahlt er seine Rechnung heiter,
nimmt sich lächelnd Hut und Schal
und entschreitet dick und breiter.

Neugier treibt nun Ringelnatz.
Er verläßt rasch seinen Platz
und sieht Kohl von dannen schlendern,
warten an den Straßenrändern,
beim Betrachten der Boutiquen
hin und wieder freundlich nicken.
Einmal lacht er voll Behagen,
beugt sich vor mit Wohlgefallen,
winkt dann lässig seinem Wagen,
sucht sich mühsam anzuschnallen,
wedelt grüßend mit der Hand
und entschwindet ganz entspannt.

Ringelnatz eilt zu dem Laden,
weil er es zu gerne wüßte.
Mit dem Schild »Von Gottes Gnaden«
prangt dort eine Bismarck-Büste.

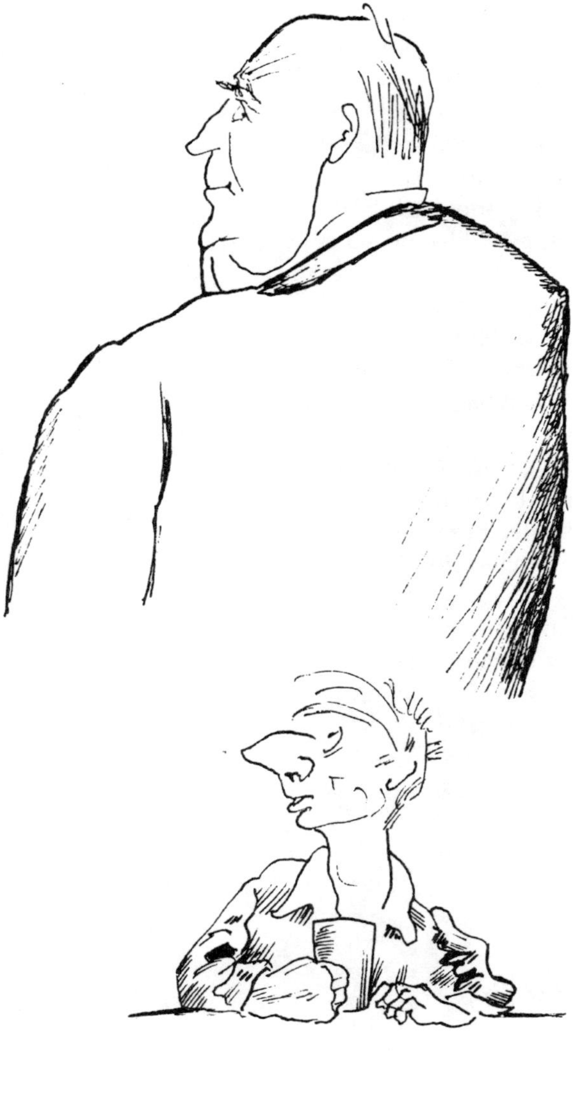

Grusel-Story

Grusel-Stories machen Kasse,
sagt zum Dichter der Verleger,
sie verkaufen sich in Masse,
und die Kauflust wird noch reger.

Morgenstern ist ungehalten.
Er gehört zu den Poeten,
die sich sprachlich voll entfalten,
ohne daß man sie gebeten.

Gleichwohl muß er sich nicht schämen,
einen Auftrag zu bedenken.
Honorare und Tantiemen
sind es, die ihm Wohlstand schenken.

Schädelstätten, Totenäcker
sucht er auf – verfemte Orte.
Schließlich stärkt er sich beim Bäcker
mit zwei Stücken Sachertorte.

Werwolf, Geister und Gespenster
toben johlend durch die Nacht.
Morgenstern blickt aus dem Fenster,
hat ein Feuer angefacht.

Er schreibt eine Grusel-Story,
mystisch und fast infernal,
und er widmet sie Herrn Gorey,
sozusagen post-mortal,
die mit diesen Worten schließt:
»Ohne Kopf verstarb das Biest.«

Antik

Manchmal auf dem Trödelmarkt
findet man gar Wunderliches:
Mißgeburten eingesargt,
Spuren eines zarten Striches
eines Künstlers namens Beuys
aus dem Rheinland, nah bei Neuss.

Morgenstern ist voller Stolz,
denn er trägt ein Kleinod heim.
Dieses Stück vom Galgenholz,
angetrocknet Blut und Schleim,
stellt er sich in die Vitrine
neben ein Objekt von Piene.

Mitternächtens und im Düstern
regt das Holz sich und es knackt.
Später fängt es an zu flüstern,
daß die Umwelt Ängste packt.
Auch an dieses lange Stöhnen
kann er sich nur schwer gewöhnen.

Morgens dann im Sonnenlicht
ist das Holz nur stumm und stumpf.
Morgenstern neigt sein Gesicht,
später folgt der ganze Rumpf.
Dann mit Sätzen ohne Makel
spricht er leise ein Orakel
vor dem Galgen-Tabernakel,
und ein Echo murmelt dumpf.

Störung

Morgenstern hat viele Träume:
Er durchschreitet blaue Räume,
schwebt in heiligen Gefilden
an der Seite Lichtgestalten,
die ein schönes Tuch entfalten
und mit ihm den Zirkel bilden.
Morgenstern seufzt: »O, ich höre
Orgelklang und Knabenchöre.
Aber, wenn ich mich nicht täusche,
stören häßliche Geräusche.«

Ringelnatz, der schnarchend rasselt,
hat ihm seinen Traum vermasselt.
Schläft auch weiter ungerührt,
weil er kein Bedauern spürt.

Stimmungstief

Ringelnatz ist tief verstimmt.
Trübsal schnürt ihm seine Kehle,
liegt wie Mehltau auf der Seele,
was ihm jede Freude nimmt.

Ringelnatz forscht nach dem Grund.
Weder Lage noch Erlebnis
sprechen für den Stimmungsschwund.
Null ist also das Ergebnis.

Morgenstern klopft an die Scheiben.
Er erkennt das Stimmungstief.
Zwar er wollte gar nicht bleiben,
doch nun hat er ein Motiv.

Ringelnatz jetzt aufzuheitern,
überfordert ein Genie.
Humoristen müßten scheitern.
Niemand kennt die Therapie.

Morgenstern wählt eine List,
und er schreitet rasch zur Tat.
»Schlimm, daß du unpäßlich bist!
Heute abend wäre Skat ...«

Da ist Ringelnatz parat!

Während er sich rasch erhebt,
greift er die Harmonika,
und ihr flottes Spiel belebt
wie beim Essen Paprika.

Im Kittchen

Ringelnatz jetzt Tüten klebend
und von fremder Güte lebend,
sieht sich plötzlich ganz umgittert,
und es wird ihm Angst, er zittert.
»Wär' ich«, denkt er, »eine Mücke,
fänd' ich flüchtend eine Lücke,
und ich säh' dem Glück entgegen ...«
Doch dann kommt ein starker Regen.
»Immerhin ein warmer Platz«,
sagt genügsam Ringelnatz,
»wär' ich draußen ... Gott behüte!«
Und er klebt noch eine Tüte.

Kredit

Morgenstern vergab Kredit
ohne Absicht auf Profit.
Eigentlich war sein Motiv,
daß ein Mensch um Hilfe rief.
Dieser aber scheint indessen
Zins und Schulden zu vergessen.
Unbestätigt bleibt die Mahnung,
Achselzucken: »Keine Ahnung!«
Morgenstern weicht Stück um Stück
von der Forderung zurück.
Weil er gar nichts mehr betreibt,
ist es Ärger, der ihm bleibt.
Dieser kauert tief im Herzen
und ist schier nicht auszumerzen.
Schließlich muß er ihn wem zeigen.
Morgenstern begräbt sein Schweigen.
Weil er Ringelnatz vertraut,
klagt er, wie sein Zorn sich staut.

Ringelnatz mit seinem Humpen
nuschelt was wie »Alles Quark –
Nie darf man an einen Lumpen
Geld und Ähnliches verpumpen.
Hast du mal für mich fünf Mark?«

Kritik

Ringelnatz und Morgenstern
lesen ihre Verse gern
wechselseitig und zwar laut,
was sie jederzeit erbaut.
Wohingegen die Kritiken
sie meist weniger erquicken.

Jüngst im Klub der Jahreszeiten
hören sie zwei Herren streiten.
Einer sagt zu Ringelnatz
diesen positiven Satz:
»Ach, in seiner Poesie
lebt Musik, klingt Melodie.«
Und zu Morgensterns Gedichten,
häufig drollige Geschichten:
»In den meisten Versen steckt
sehr viel Witz und Intellekt.«
    Und da machen beide Dichter
    lächelnd fröhliche Gesichter.

»Nun, da muß ich widersprechen«,
sagt der andere Gelehrte,
»wollen Sie, daß ich die frechen
Verse gar als Dichtung werte?
Nein, hier wird zu viel geneckt!
ich vermisse den Respekt
vor dem Großen und dem Guten.
Vieles ist nicht zuzumuten.«
    Und da machen beide Dichter
    doch recht traurige Gesichter.

Stumm verlassen ihren Platz
Morgenstern und Ringelnatz.
Vor der Tür und ganz im Freien
atmen sie erfrischt Ozon.
Morgenstern sagt: »Ja, die Laien ...«
Ringelnatz spricht: »Wir verzeihen
selbst demnächst dem Lexikon.«

Kusenberg

Kusenberg, streng wie ein Richter,
wendet sich an beide Dichter,
und er tadelt die Vaganzen,
die aus allen Regeln tanzen.
Reim und Rhythmus stolpern, schleifen.
Manches Bild ist nicht zu greifen.
Vieles wirkt gekünstelt, starr,
anderes ist zu bizarr.
Verse, wie die Kranken bleich,
sind wohl kaum gedankenreich.
Zwischen Zeilen fehlt die Bindung.
Oft verrät sich die Erfindung.
Kurz gesagt, wie bei der Angel
zeigt sich hier der Wurm als Mangel.
Und bei allen diesen Mucken,
läßt sich kaum ein Büchlein drucken.

Morgenstern entfernt sich schweigend,
nur an seine Stirne zeigend.
Ringelnatz gibt sich indessen,
grob und damit angemessen.
Er packt Kusenberg am Kragen,
und man hört ihn grimmig sagen:

»Sie, Herr Doktor Kusenberg,
sind für mich ein Musenzwerg!«

Fürst Wittgenstein

Neulich trat Fürst Wittgenstein
in die Hafenkneipe ein.
Saß wahrhaftig Ringelnatz
hinten links auf seinem Platz,
hatte schon sehr hart gezecht
und fand doch die Welt noch schlecht.
»He«, schrie er, »in den Spelunken
saufen doch nur die Halunken?
Fürsten gerbt man hier das Fell,
troll dich fort in ein Bordell!«

Und so ging Fürst Wittgenstein
in ein Freudenhaus hinein,
freilich ohne Sex-Bedarf,
denn er war nur matt, nicht scharf.

Spät zur Nacht kam Morgenstern –
»Sahst du draußen einen Herrn,
einen hohen Herrn von Adel,
links und rechts mit Maid und Madel?«
fragte Ringelnatz ihn lallend
und schon fast vom Stuhle fallend.
»Meinst du Fürst von Wittgenstein?«
»Nein«, schreit Ringelnatz, »o nein!
Der hat sich hier vollgetankt
und ist stumm nach Haus gewankt.
Nein, ich meine den von Hutten,
der treibt's eifrig mit den Nutten.«

Morgenstern mit Pokerface
Sagte leise: »Nun, wer weiß ...?«

Bruder Joachim

Ringelnatz besichtigt selten
Kirchen oder Kathedralen.
Denn – erschließen sich ihm Welten –,
sind es niemals die sakralen.

Morgenstern besucht zwei Klöster.
Ringelnatz folgt ungewollt.
Er verachtet Seelentröster
lebend von der Kirche Sold.

Beim Betrachten von Skulpturen
sieht er tuschelnd ein paar Pfaffen.
Die verfolgen seine Spuren,
bleiben stehen, glotzen, gaffen.

Ringelnatz geht auf sie zu,
was sie nicht erwartet hatten;
denn er möchte seine Ruh,
und er winkt sie in den Schatten.

Hier im Dunkel der Zypressen
schenkt er jedem einen Priem,
flüstert: »Bitte, rasch vergessen!
Ich bin Jochen, Graf von Hessen.
Für euch: Bruder Joachim.«

Doch nun fragen sie genau:
»Ihr Begleiter ganz in grau,
ist das nicht Herr Morgenstern?«
Ringelnatz, dem wird fast flau:
»Nein, mein Freund heißt Morgentau.
Brüder, lobet Gott den Herrn!«

Im Vergleich

Ringelnatz ist wie ein Kind.
Wird ihm mal ein Wunsch verwehrt,
sieht man, daß die Träne rinnt,
und er fühlt sich arg beschwert.
Packt ihn Zorn, ei ja, dann keift er
und nach einem Stocke greift er.
Er gehört zu jenen Bengeln,
die gern nörgeln oder quengeln.
Hat er aber auskrakeelt,
schreibt er Verse, zart beseelt.

Morgenstern, ein and're Typ,
wird ganz still, ja, er verstummt.
Ärger macht ihn matt und trüb,
er verkriecht sich, fest vermummt.
Träume und Gedanken formen
Wesen jenseits aller Normen,
harren düster der Befehle.
Dann – entlastend seine Seele –
bannt er sie mit einem Fluch,
– und er schreibt ein neues Buch.

Schreiben

»Ist das alles für die Katz?«
fragte einmal Ringelnatz,
während er am Schreibtisch wippte,
deutend auf die Manuskripte.

Morgenstern, der recht religiös
ausgerichtet, wurde bös:
»Was wir aufgeschrieben haben,
ist die Frucht von Gottesgaben.

Also sag' ich kurz und bündig:
Schreibst du nicht, so ist das sündig!«
Und mit dieser kurzen Predigt
ist für ihn der Fall erledigt.

Ringelnatz hat's plötzlich eilig.
Wird man auch als Trinker heilig?
Jedenfalls er spitzt den Stift
und beginnt mit schöner Schrift.
Denn wer schmiert, der gilt als Flegel.
Das ist eine alte Regel.

Silbenfraß

Morgenstern entdeckt ein Tier,
das in Büchern oder Schriften
in verderblicher Manier
möchte großen Schaden stiften.
Mittels seines Rüssels saugt
dieses Tier meist ganze Silben,
bis der Text kaum etwas taugt
und die Seiten stark vergilben.
Morgenstern, zunächst perplex,
will dem Biest nach Kräften schaden.
Er macht einen Tintenklecks,
animiert es so zum Baden.
Danach tüchtig angebläut,
läßt es sich recht gut erkennen
und – was Morgenstern erfreut –
von Papier und Blättern trennen.

Morgenstern schlägt nach im Buch,
das er kürzlich erst geschrieben,
und er liest mit einem Fluch,
was nach Silbenfraß geblieben.
Lautet nun der Eingangsspruch,
für die Leserschaft ersonnen:
»Au.. na.. Stu.. u.. W.....bruch
wi..en S.....schein u.. .onnen.«

Haupt

Morgenstern bedenkt ein Wort,
vornehm und vielleicht bestaubt,
doch im deutschen Sprachenhort
lebt und hebt es sich als »Haupt«.

»Kopf«, so sagt man meist vulgär,
einen Körperteil beschreibend,
wenn er nicht am Rumpfe wär',
zeigte sich der Schaden bleibend.

»Haupt« – das ist der Kopf der hehren
Priester, Künstler, Denker, Dichter,
die wir andachtsvoll verehren,
inbegriffen die Gesichter.

Kommt ein »Haupt« sehr weit nach oben,
wird es wohl auch »Oberhaupt«,
dem Gemeinen ganz enthoben,
mit dem Lorbeerkranz umlaubt.

Morgenstern denkt nach, bemängelt,
daß ein »Unterhaupt« ganz fehlt.
Hat man es zu sehr gegängelt,
daß es sich aus Angst verhehlt?

Sehr im Zweifel sieht er starrend
noch das Wörtchen »überhaupt«,
kleingeschrieben und beharrend,
wie es sich zu halten glaubt.

Ärgerlich, voll Ungeduld,
von Gedanken eingezäunt,
trennt er sich von seinem Pult
und eilt nun zu seinem Freund.

Mit dem Thema konfrontiert,
schüttelt Ringelnatz sein Haupt:
»Köpfe« werden nur frisiert
oder – künstlich – angeschraubt.
»Haupt« ist einfach nicht erlaubt.

Feim

»Abgefeimt« heißt »schwer durchtrieben«,
»Böses planend und mit List« –
so steht es im Buch geschrieben,
das ihm unentbehrlich ist.

Morgenstern verbleibt die Frage,
was denn »Feim« sei und bedeute.
Doch er fördert nichts zu Tage,
leider passen alle Leute.

Ist ein Thema »abgedroschen«,
scheint es besser, daß man schweigt.
»Abgelaufene« Galoschen,
sind nicht brauchbar, wie sich zeigt.

»Abgeholzt« nennt man den Wald,
wenn nur noch die Stümpfe stehen.
»Abgestorben« – man wird bald
nicht einmal mehr Reste sehen.

Morgenstern kommt zu dem Schluß,
daß mit »abge« was verschwindet.
»Feim« bleibt eine harte Nuß,
weil er keine Lösung findet.

Ringelnatz meint: Dieses »Feim«
ist vom Sinn her nicht erklärlich.
Doch was reimt sich schon auf »Reim«?
Hier ist uns're Auswahl spärlich.

Morgenstern gibt sich zufrieden.
Heiter summend geht er heim.
In Gedanken–Pyramiden
formt sich »Feim« aus Leim und Schleim.

Freud

»Ich träfe gern Professor Freud«,
sagt Morgenstern versonnen,
»mich hat mein Leben nicht gereut,
nicht Wollust und nicht Wonnen.
Ich bin mir keiner Schuld bewußt
und kämpfe niemals mit der Lust.
Sie soll mich ruhig besiegen,
ich mag wohl unten liegen!

Wo, frage ich, ist mein Komplex?
Gewiß sagt Freud: ›Es ist der Sex.‹
Doch das erscheint mir kleinlich,
mir ist der Sex nicht peinlich.
Ich bin ein Mann, und die Natur
verlangt, was ihr gebührt.
Verführt mich einmal die Figur,
dann werd' ich halt verführt!«

»Das int'ressiert mich keinen Deut«,
versichert Ringelnatz zerstreut,
»ich müßte wirklich lügen.
Auch ohne Freud hab ich die Freud'.
Das sollte wohl genügen.«

Insekt

Morgenstern haßt das Insekt,
das des Nachts herangeschlichen
ihn in seinem Schlaf erschreckt,
nicht nur an der Nase neckt,
sondern auch mit scharfen Stichen
irgendwo am Fleisch verletzt,
wo es still sich hingesetzt.

Dieses Biest, das man vertreibt,
fliegt beharrlich seine Kreise
summend, sirrend und es bleibt,
ob er schlummert oder schreibt
in der Nähe, frech und leise.
Vorsicht, wenn man sich mal streckt
und die Haut ist unbedeckt!

Morgenstern mit Mordgedanken
zündet schließlich die Zigarre,
und er sieht die Mücke schwanken,
hüstelnd mit bewegten Flanken.
Zwar befällt sie nicht die Starre,
aber – ach! – sie ist malade
und nur noch Objekt der Gnade.

Morgenstern, nun wieder friedlich,
findet sie auf einmal niedlich.
Weil sie weder sticht noch stört,
ist sie, wie es sich gehört.

Helden

Morgenstern ist eingeladen
vom Verband der Veteranen.
Treffen sich die Kameraden,
sitzt man da, zumeist Ulanen,
feiert stramm und mit Musik,
Orden vorn und im Genick
stolze Regimenterfahnen.

»Morgenstern spricht Heldenehrung«,
so verkündet das Programm,
unterzeichnet Hauptmann Schramm.
Zack! Da hat er die Bescherung!

Morgenstern haßt das Gedenken
an den Krieg und die Soldaten.
Muß er seinen Geist verrenken?
Trägt er eine Dankesschuld?
Was sind letztlich Heldentaten?
Morgenstern verläßt sein Pult,
um mit Freunden zu beraten.

Ringelnatz, befragt nach Helden,
stellte sich mit dürren Worten:
»Keinen könnte ich vermelden.
Doch bekannt sind diese Sorten:
Nummer 1 verkennt Gefahren
mangels Einsicht und Instinkt.
Daß sie scheinbar tapfer waren,
kommt, weil Dummheit sie durchdringt.
Nummer 2 – der ›wahre‹ Held
hat sich nur aus Furcht verstellt.«

Morgenstern, belehrt und heiter,
schreibt an seinen General:
»Als ein Sanitätsgefreiter
sah ich Opfer ohne Zahl.
Viele habe ich gefunden
und die Wunden rasch verbunden.

Helden freilich sah ich nie.
Angst hat meine Sympathie.
Darf ich bitten zu verzichten
auf ein Lob von Kriegsgeschichten?

Es verbleibt mit keuschem Gruß
Morgenstern, ein Hasenfuß.«

Wilhelm Busch

Zwischen Hamm und Buxtehude
steht am Bahndamm Wilhelm Busch.
Flüchtig sieht man ihn im Husch.
Mancher denkt: ein alter Jude!
Schwarzer Hut und weißer Bart,
das ist Talmud-Juden Art.

Morgenstern hat ihn erkannt,
denn er schaute in die Landschaft.
Grüßend hebt er seine Hand,
machte gern mit Busch Bekanntschaft.
Ringelnatz pfeift auf zwei Fingern,
während Lok und Wagen schlingern.

Wilhelm Busch, den Mantel raffend,
hat die beiden rasch erblickt.
Die Zigarre friedlich paffend,
lächelt er und steht und nickt.
Na, die jüngeren Kollegen:
immer eilig. Meinetwegen!

Im Abteil aus einer Tasche
hebt man Gläser an das Licht.
Wichtiger ist eine Flasche,
die Erheiterung verspricht.
Angestoßen, Prost und Tusch!
Vivat Meister Wilhelm Busch!

Hat man Wilhelm Busch getroffen?
Dies behaupten, hieße lügen.
Doch es stand ein Fenster offen,
freilich nur in schnellen Zügen.
Ja, es war wohl kaum Begegnung,
doch ein Augenblick der Segnung.

Tamerlan (I)

Morgenstern traf Tamerlan
auf der Abendrunde,
und er sprach ihn freundlich an
zu der Abendstunde.

Tamerlan zog fast devot
seine Zauberkappe
und verschwand im Abendrot
– Schemen und Attrappe.

Morgenstern, dem tat das leid.
Durfte man nicht grüßen?
Mußte er zur Abendzeit
mit Verschwinden büßen?

Wo verweilt er ungeschützt,
unten oder oben?
Hat er sich, weil unbemützt,
der Gestalt enthoben?

Ringelnatz, von ihm befragt,
lacht ihm herzlich ins Gesicht:
»Warte, bis es wieder tagt!
Dann erscheint er im Gedicht.«

Tamerlan (II)

Ringelnatz trifft Tamerlan
mit Galoschen angetan,
Kutte und Kapuze.
Ringelnatz mehr seitwärts spricht:
»Diesen Fürsten grüß' ich nicht,
weil ich ihn nicht duze.«

Tamerlan, ganz übersehn,
bleibt noch eine Weile stehn.
»War das eben Ringelnatz?«
»He«, ruft er, »he Saufkumpan!
Kennst du nicht den Tamerlan,
den mit dem Piratenschatz?«

Ringelnatz denkt: »Ach, woher
kenn ich den und duzt mich der?«
Immerhin ruft er: »Ahoi!«
Plötzlich Rauch in klarer Luft:
Tamerlan im Nu verpufft!
Na, das ist nun wirklich neu.

Morgenstern erfährt natürlich
diese Story kurz darauf.
Und er wundert sich gebührlich
über Wirkung und Verlauf.
Mitleidsvoll mit allen Großen,
fragt er, was ihm zugestoßen.
Doch in Stäubchen und Atomen
bleibt in Ewigkeit sein Nomen –
davon ist er überzeugt.
Ringelnatz sitzt tief gebeugt.
Aber dann, nach einem Schoppen,
hört man beide wieder foppen.

Zarah

Ringelnatz verehrt die Zarah,
jene schöne Frau aus Schweden.
Und er träumt, in der Sahara
oder gar im Garten Eden
sei er mit ihr ganz allein,
nur mit einem Fäßchen Wein.

Tief im Süden unter Palmen,
in den Bergen auf den Almen
nur mit ihr und ganz allein
dort im Sommersonnenschein.

Zarah singt ein Lied der Liebe,
feiert Leidenschaft und Triebe,
singt für Ringelnatz allein,
dieser möchte sie gern frei'n.

Und er bittet: »Frau Leander,
bleib bei mir und beieinander!
Was – frag ich – kann schöner sein?
Du und ich so ganz allein!«

Und er weiß: Er muß es müssen!
Stürmisch möchte er sie küssen.
Plötzlich quält ihn schlimme Pein:
sie ganz groß und er so klein ...

Zarah lacht ihr dunkles Lachen.
Ringelnatz spürt: seine schwachen
Beine knicken jählings ein.
Und dann ist er ganz allein.

Doch er träumt noch oft und innig
von dem Land, das sie vereint.
Manchmal fragt sie ihn: »Wo bin ich?«,
wenn sie ihm zur Nacht erscheint,
oder auch: »Bist du mein Prinz?«
Seine Antwort: »Ja, ich bin's!«

Glücklich will er mit ihr sein.
Und so trinkt er reichlich Wein.

Morgenstern verehrt die Duse,
diese Frau ist sehr dämonisch.
Sie erscheint ihm mehr als Muse,
und er liebt sie nur platonisch.
Das bedeutet »nicht begehrlich«,
für den Alltag kaum beschwerlich.

Kachelofen

Vor dem kalten Ofen kauernd,
sieht es Ringelnatz genau:
wieder mal fehlt eine Kachel,
und die war so dunkelblau,
dunkelblau, marineblau.
Wieder fühlt er einen Stachel,
tief im Innern, spürt ihn dauernd,
und sein Herz beklagt sich trauernd.
Wieder mal fehlt eine Kachel.

Jener Morgen dämmergrau –
wann ist sie davongeschlichen
wie ein Schatten leise, leise?
Blieb ein Foto, fast verblichen
und der Schmerz mit seinen Stichen.
Kam kein Gruß von einer Reise,
kam die Botschaft nicht: Vertrau!
Niemals schrieb die kleine Frau.
Und die Welt dreht sich im Kreise.

Wenn sie wieder bei ihm wäre!
Alle Kacheln würd' er geben,
alle Kacheln, die verblieben.
Denn das wäre für ein Leben,
für ein ganzes langes Leben
als Geschenk nicht übertrieben.
Zwar der Kachelofen wäre
nur noch eine Heiz-Schimäre.
Doch sie würden lieben, lieben, lieben.

Brief

Ringelnatz schreibt einen Brief,
und er schreibt nicht irgendeinen.
Nein, er schreibt der süßen Kleinen,
die mit flinken schlanken Beinen
durch die Wirtshausstuben lief.

Ringelnatz hat dort gesessen,
seine Leber war bestäubt,
und er hat den Schmerz betäubt,
anfangs hat er sich gesträubt,
schließlich wollte er vergessen.

Dann traf ihn ihr Lächeln – schüchtern,
und das war wie ein Mirakel.
Plötzlich Schluß mit dem Debakel,
Stille um ihn im Spektakel.
Ringelnatz war froh und nüchtern.

Und so schreibt er: »O, du Süße!
Sieh, mein Leben war verschandelt.
Gestern hast du es verwandelt,
wie die gute Fee gehandelt.
Endlich komm' ich auf die Füße.

Was ich biete, sind Gedichte,
die dir meine Liebe sagen,
Verse, die dich aufwärts tragen
und die große Träume wagen.
Schreiben wir ein Stück Geschichte!

Mancher sagt von mir, ich sei
oft versponnen und zerfahren.
Ich gehöre zu den raren
Vögeln, die sich offenbaren,
bitte jetzt schon: Ach, verzeih!

Möchtest du von mir Pralinen?
Oder eine rote Rose?
Weißt du, ich war Leichtmatrose,
und so ist mein Mundwerk lose,
lose wie die Holzpantinen.

Mein Gefühl ist aufgeweicht,
alle Trauer fortgetrieben,
die Erinnerung zerrieben,
und ich würde dich gern lieben.
Du mich auch?
Ganz bald?
Vielleicht?«

Ansichtskarten

Ringelnatz sitzt still im Garten
hinter'm Haus von Morgenstern,
und er schreibt zwei Ansichtskarten
an die Freundinnen in Bern.

A

»Auf dem Bild die Dorfkapelle
ist jetzt völlig frisch geweißt,
und der Schmied und sein Geselle
haben Gitter angeschweißt.

Neben Krug und Schützenhaus
baut man einen Pavillon.
Das sieht nicht besonders aus,
und was hat man schon davon?

Willst du dich mit John verloben?
Wie gefällt es dir in Bern?
Ich hab' manches aufgeschoben.
Grüße auch von Morgenstern.«

B

»Auf dem Bild die Dorfkapelle
hab ich gestern erst besucht,
auch am Friedhofstor die Stelle
wo kein Gras wächst, weil verflucht.

Neben Schützenhaus und Krug
wird ein Pavillon gebaut.
Als es heute zehn Uhr schlug,
sah ich eine junge Braut.

Und ich mußte an dich denken.
Wärst du hier und nicht so fern!
Mag der John dir vieles schenken,
aber ich, ich hab dich gern.«

Ringelnatz verläßt den Garten,
und die Karten sind frankiert.
Doch die Damen müssen warten,
weil er nun zum Krug marschiert.

Kur

Obelisken, Arabesken
schmücken Garten und Moschee,
in den Säulenhallen Fresken,
Statuen bis hin zum See.

Auf dem Marmorrand der Quelle
sitzt Herr Morgenstern und kurt.
Er vergöttert diese Stelle,
Ruhesitz nach seinem Spurt.

Täglich kann er hier verweilen,
alles ist ihm Ouvertüre.
Und er spürt im Körper heilen
Risse, Wunden und Geschwüre.

Wären da nicht die Finanzen,
die den Aufenthalt begrenzen,
niemals schnürte er den Ranzen.
Doch das Sein kennt nur Sequenzen.

Kleine Zettel in den Taschen,
auch ein wenig Birnengeist,
und mit vielen Wasserflaschen
ist der Dichter abgereist.

Daß er einmal hier gewesen,
kann man in Annalen lesen.
Und ein schwarzer Obeliskus
kündet von der Macht des Fiskus.

Harmor

»In vollendeter Gestalt
steht vor seinem Schloß Herr Harmor,
unvergänglich, niemals alt,
wie ein Standbild ganz aus Marmor.

Welche Kraft hat ihn gebildet?
fragt man sich, wozu und wie?
Steht er auch ganz unbeschildet,
er ist Gott der Harmonie.

Solch ein Gott ist niemals sterblich,
das verkünden alte Bücher.
Für den Fall, daß was verderblich,
hat man Regenschirm und Tücher.

Von Verschmutzung ihn zu säubern,
gibt es Wasser und auch Schwämme,
und zum Schutz vor frechen Räubern
baut man Zäune auf und Dämme.

Wie du siehst, die Umsicht waltet,
man erhofft sich Dank und Lohn.
Eines Tages – schön gestaltet –
ging Gott Harmor still davon.«

Morgenstern, dem dies berichtet,
schaute auf und seufzte tief:
»Oftmals hab' ich ihn gesichtet
edel und dekorativ.

Deshalb hier war seines Bleibens
wohl auf Zeit, von Dauer nicht!
Und am Ende meines Schreibens
tief bekümmert Trauer spricht:

Harmor, Harmor, unvergessen
bleiben Ausdruck und Gestalt!
Welcher Ort scheint angemessen
für den Dauer-Aufenthalt?!«

Sprachen

Ringelnatz spricht fast perfekt
sieben Sprachen dieser Welt.
Er beherrscht den Dialekt
selbst vom Stadtteil Elberfeld.

Kindersprache? Kein Problem!
Und für den Kontakt zu Tieren
braucht er weder Schmeil noch Brehm.
Er parliert mit allen Vieren.

So nennt man ihn Interpret
oder Dolmetsch erster Klasse.
keinem gilt er als Poet,
nicht einmal der Krankenkasse.

Wenn er Verse präsentiert,
denkt man, das sei übersetzt,
fremde Dichtung nur zitiert.
Ringelnatz ist nicht verletzt.

Er schreibt weiter viele Zeilen,
lyrisch, zart und auch spartanisch
und beeilt sich mitzuteilen,
dieser Text sei katalanisch.

Morgenstern durchschaut die Posse,
doch er schweigt und lächelt nur.
Als getreuer Weggenosse
geht er auf derselben Spur.

Ja, er spürt ein freches Prickeln,
und sein Vorschlag – der besticht –
eine Sprache zu entwickeln,
die man zwischen beiden spricht.

Ringelnatz schreibt die Vokabeln,
die Grammatik Morgenstern.
»Tek« – so nennt man nun die Gabeln,
»Urubuz« des Pudels Kern.

Unerwünschte Gäste werden
schnell aus dem Gespräch verbannt.
Mit befremdeten Gebärden
gehen sie wie unerkannt.

Saucen

Morgenstern, behaupten Zungen,
die verletzen und nicht lachen,
Morgenstern sei es gelungen,
aus den Steinen Gold zu machen.

Niemand kenne sein Verfahren,
das er absichtsvoll verberge,
wohl sei es die Frucht von Jahren
oder ein Geschenk der Zwerge.

Leider hört man niemals Hämmern,
nicht einmal ein leises Zischen,
lauscht man auch im Abenddämmern
und versteckt in Laubennischen.

Leider sieht man keine Schwaden
wie beim Kochen in der Küche.
Doch mit Häme aufgeladen,
füllt Gerücht sich durch Gerüche.

Denn es duftet oft verfänglich,
stehen Tür und Fenster offen.
Und ein Nachbar, krumm und kränklich,
fühlt sich schwer davon betroffen.

Jetzt frontal in dieser Fehde,
unterstützt von Frau und Hund,
stellt er Morgenstern zur Rede.
Dieser deutet auf den Mund.

Er probiere neue Saucen,
lieblich und auch delikat.
Kürzlich sei ihm zugestoßen
eine Tunke für Salat.

Ob er sie denn kosten lasse?
Morgenstern bejaht erfreut.
Abends noch auf der Terrasse
wird das Treffen nicht bereut.

So verstummt denn das Gemecker.
Es geht nicht um Alchemie.
Saucen werden gut und lecker
nur durch Schlemmer-Phantasie.

Sprachlabor

Morgenstern hat ein Labor
ohne Drähte und Geräte.
Ringelnatz verharrt davor,
fragend, was er dort denn täte.

Ringelnatz sieht nur Papier,
Tinte auch und viele Federn,
Lampen, einen Bronzestier
sowie Tabakbeutel ledern.

Bunsenbrenner oder Gas
kann sein Auge nicht entdecken,
Bücher wohl im Übermaß,
Kissen auch mit bunten Flecken.

»Dieses nenn' ich ›Sprachlabor‹«,
so wird Ringelnatz belehrt.
»Da braucht man kein Wasserrohr,
und auch Gas ist ohne Wert.

Gleichwohl geht es um Erfindung,
zwar nicht aus der Glasretorte.
Doch zu sprachlicher Verbindung
fügen sich im Vers die Worte.

Manches klingt vielleicht befremdlich
und versagt sich dem Genuß,
doch sind die Gedichte sämtlich
kunstgerecht aus einem Guß.

Manchmal bilden reine Laute
recht bizarre Klangkaskaden.
Oder bei Gedankenflaute
formt man freche Trotz-Tiraden.«

Ringelnatz denkt: Ach, Patente
werden sicher nicht erreicht!
Denn das Spiel der Kunst-Talente
wiegt im Leben allzu leicht.

Leise sagt er: »Ich verstehe.«
Schließlich will er höflich sein.
»Wie ich jetzt mit Freuden sehe,
wartet auf uns Moselwein.«

Störtebeker

Ringelnatz schläft schwer und schlecht.
Stürme toben um sein Schiff
mit den Wellen im Gefecht.
Plötzlich schrillt ein scharfer Pfiff.

Stille – jeder Ton verstummt!
Stelzfuß pocht auf morsche Planken.
Auf die Tür! Da steht vermummt
hünenhaft mit seinem blanken
Türkensäbel der Pirat,
schwarz wie seine schwarze Tat.

Dieser Mann hat keinen Charme,
links nur eine Eisenkralle
trägt er seinen Kopf im Arm,
daß er nicht noch einmal falle.
Störtebeker, der Pirat,
röchelt nur: »Ahoi, du Maat!«

Unter struppig-schwarzen Haaren
starrt ein Auge. Wie es starrt!
Und der Schnurrbart der Tartaren
birgt den Mund, der grollend schnarrt:
»Her mit einem steifen Grog!
Sonst gibt's Hiebe mit dem Stock!«

Stelzfuß trinkt mit tiefen Zügen,
und die Kralle klopft und klopft.
Grinst dann häßlich vor Vergnügen,
und der Schnurrbart tropft und tropft.
»Jetzt noch einen klaren Gin
oder du hängst gleich am Kinn!«

Den trinkt er mit zwei drei Schlucken,
und dann rülpst er einmal laut.
Sein Gesicht fängt an zu zucken,
gelb und faltig wird die Haut.
»Lauf und hol Druidensaft!
Sonst verläßt mich meine Kraft.«

Ringelnatz rennt zur Kombüse.
Wo gibt es Druidensaft?
Nichts als Fisch und Dörrgemüse –
und die Energie erschlafft.
Er verkriecht sich unter'm Herd,
nicht mal einen Dollar wert.

Nahen langsam schwere Schritte?
Zeigt sich düster der Pirat?
Spießt er ihn nach Seemannssitte
oder flicht ihn auf ein Rad?
Nein – die Uhr schlägt plötzlich »Eins«!
Und es kommt der Smutje Heinz.

»He, du bist ja schwer betrunken,
liegst wahrhaftig unter'm Herd!
Kuttel, du bist tief gesunken.
Wo bist du denn eingekehrt?«
Doch der torkelt jetzt an Deck
und trinkt einen auf den Schreck.

Ledebur

Da war ein Graf von Ledebur
aus Dings …, aus Dingsbumshausen,
der sprach verächtlich: »Lit'ratur
besteht doch nur aus Flausen.«

Bei einer Lesung im Lokal
von Dings …, von Dingsbumshausen
verließ er mit dem Ruf den Saal:
»Hier sind ja nur Banausen!«

Als Morgenstern davon erfuhr
just in der Reiseplanung,
da sagte er: »Der Ledebur
hat wohl von nichts 'ne Ahnung!«

Am nächsten Morgen fuhr er prompt
nach Dings …, nach Dingsbumshausen.
Damit er zu dem Grafen kommt,
ließ er den Wagen sausen.

Der Graf, inmitten der Rasur,
hat sich im Bad bespiegelt.
Doch Morgenstern trat ein – »Bonjour!
Die Tür war nicht verriegelt.«

»Ich bin der Rektor von der Ruhr«,
so sagt der Dichter listig,
»und biete eine Dozentur
im Fach der Germanistik.«

»Es geht um Anti-Lit'ratur.
Die könnten Sie doch lehren.
Verehrter Graf von Ledebur,
der Auftrag muß Sie ehren.«

Der Graf, geschmückt mit Seifenschaum,
zog greuliche Grimassen.
Dann sagte er: »Ich glaube kaum«
und konnt' es gar nicht fassen.

»Verehrter Rektor von der Ruhr,
da muß ich leider passen.
Ich habe nicht mal Abitur
und nie mich prüfen lassen.

Auch ist der Sektor der Kultur
mir fremd wie ferne Welten.
Von Büchern bei mir keine Spur,
ich lese nur ganz selten.«

»Mein lieber Graf von Ledebur«,
empfahl ihm da der Dichter,
»enthalten Sie sich der Zensur
und spielen nicht den Richter!«

Seitdem hört man von Ledebur
kein Schimpfen, keine Schelte.
Er schweigt zu Kunst und Lit'ratur.
Er gab sein Wort. Das gelte!

Stele

Im Lokal zur feuchten Kehle
sitzen immer Literaten
rundherum um eine Stele
zum Gedächtnis großer Taten
auf dem Sektor der Kultur,
besser sagen wir: nicht nur ...

Denn auch solches ist vermerkt:
»Autor A aus Friedrichsroda
hat sich hier mit Milch gestärkt,
dann mit Whisky ohne Soda.
Autor B schrieb Akt um Akt
eines Stücks, das nie erschien.
Schließlich hat er eingepackt
und tritt auf als Harlekin.«

»Ringelnatz zahlt selten bar,
schrieb Gedichte, war auch Maler«,
sagt die Stele lapidar.
Sonst sind die Verdienste schmaler.
Immerhin bei Heinrich Heine
findet man so gut wie keine.

Anders aber Morgenstern.
»Dieser Mensch«, so kann man lesen,
»stieß sehr oft zum Wesenskern
und erfand ganz neue Wesen.
Dichter, Forscher und Gelehrter
und als solcher viel Geehrter.«

Im Lokal zur feuchten Kehle
rätselt man an dem Befund,
hat doch die Gedächtnisstele
manchen Grund und Hintergrund.
Dunkel bleibt die Wahrheit immer,
und die Klarheit ist nur schlimmer.

Endstation

Ringelnatz, von jeher schmächtig
und seit langem übernächtig,
spürt den Schmerz in seinen Därmen,
möchte sich ein wenig wärmen.
Ja, das Lotterleben rächt sich!
Gestern ging es ihm noch prächtig.

Eine Dame, kaum aus besten Kreisen,
ahnt den Edelmann, den weisen.
Freundlich bietet sie ein Lager.
Gott, was ist der Kleine mager!
Ringelnatz fragt nach den Preisen.
Und sie sagt: »Nein, nicht bei Greisen!«

»Kennst du«, fragt er, »denn mein Alter?
Bin ich nicht ein frecher Falter?«
Und die Dame sagt verwundert:
»Du bist sicher an die hundert.«
»Tausend Jahre!« brüllt, nein lallt er,
»und schon immer Fahrzeughalter.«

»Wie?« die Dame lächelt leise,
»hast du wohl auch eine Meise?«
Geht zum Schrank, greift einen Bügel,
dabei sieht er ihre Flügel.
Er begreift und summt die Weise
von des Seemanns letzter Reise.

Post mortem

»Was?« fragt Morgenstern gefaßt,
»wird aus uns, wenn wir verblaßt,
besser sagt man wohl: verblichen,
aus dem Leben fortgeschlichen?
Wird der Geist durch's Weltall schweifen
und zu neuer Schöpfung reifen?
Wird, was unklar war, dort oben
klar und schön ins Licht gehoben?«

Ringelnatz entgegnet leicht:
»Kennst du mein Gedicht ›Was dann?‹
Seine Antwort ist, ›Vielleicht‹,
weil man es nicht wissen kann.
Heute aber, frei gestanden,
kam mir jeder Ernst abhanden,
und ich möchte heftig spuken
in Kaminen, hinter Luken,
auf den Friedhofsmauern schnarren
und in Kohlenkellern knarren,
auf dem Dach im Winde knattern,
und durch Nebelschleier flattern,
spät zur Nacht ganz greulich heulen
wie der Werwolf und die Eulen ...«

Morgenstern, zunächst erschrocken,
findet: diese Bilder locken.
Und mit Grabesstimme spricht er:
»Sind wir nicht zwei große Dichter?
Ja, nach gründlicher Beweinung
wird aus uns die Lichterscheinung.
Und wir tanzen als zwei Flammen
auf dem Gräberfeld zusammen,
bis das Horn vom Rathaus tutet
und die Feuerwehr sich sputet.
So nach unsern letzten Zügen
stellt sich ein das Hauptvergnügen.«

Gräber

A: Morgenstern

Auf dem Grab von Morgenstern
steht ein Stein mit einem Wort:
»Morgen« – dann ein Fragezeichen.
Leute kommen, auch von fern,
stehen an dem stillen Ort,
bis sie stumm die Segel streichen.
Fragt hier einer absichtsvoll,
ob es einen Morgen gebe?
Ob er liegen bleiben soll
oder lieber sich erhebe?
Soll als Torso nur das Wort
einen Namen nahelegen?
Fördert man Gedanken-Sport
hintersinnig und verwegen?
So ganz ohne Spruch und Strophen
werden Menschen angezogen,
reizt die Frage Philosophen
und verwirrt die Theologen.

B: Ringelnatz

Ringelnatz gleich um die Ecke,
bietet eine Bank zur Rast.
Unter Gräsern lauscht die Schnecke
und versteckt sich vor dem Gast.

Auf der Bank mit weißer Kreide
Steht ein Wörtchen nur: »Vielleicht«.
In der Liebe und im Leide
– viel ist damit nicht erreicht.

So bleibt alles in der Schwebe.
Langsam kriecht die kleine Schnecke
in das Spinnennetz-Gewebe
zwischen Bank und Lorbeerhecke.

C: Beide

»Morgen« mit dem Fragezeichen
und »Vielleicht« in weißer Kreide –
ob sich die Gedanken gleichen?
Leise Hoffnung geben beide.

Morgen kommt vielleicht ein Gutes,
hebt dich auf und stellt dich hin.
Und im Auftrieb neuen Mutes
Sagst du staunend: »Ja, ich bin,
will auch sein, vielleicht noch lange.«
Und es ist dir nicht mehr bange.

Totengedenken

Einmal jährlich
und nicht spärlich
nahen nächtens die getreuen
Freunde, die sich lebhaft freuen,
beider Dichter zu gedenken,
ihnen zwei, drei Stunden schenken.
Korf erscheint mit Wachtelhund
und der Katze von Klabund.
Palmström und die Dame Kunkel
tragen Lampen, weil es dunkel.
Mondkalb und der Rabe Kra
sind wie selbstverständlich da.
Werwolf schleppt das Nasobem,
was natürlich unbequem.
Wittgenstein mag gerne wandern,
na, und dann die vielen andern!

Keine Rede hört man sagen,
kein Gesang und keine Klagen.
Nein, man setzt sich und parliert,
lacht auch häufig ungeniert.
Dieser ißt und jener schleckt.
Palmström labt sich am Konfekt.
Nur am Ende der Session,
gleichsam als ein Schlußakkord,
sagt Fürst Wittgenstein ein Wort:
»Ruht ihr auch so lange schon,
für uns seid ihr gar nicht fort!«

Er schnupft aus der Silberdose,
und schon spielt ein Leichtmatrose
Mundharmonika – ganz leise.
Würmchen glühen still im Kreise.
Stumm, mit innerem Applaus,
geht ein jeder dann nach Haus.

Korfs Kaffeemühle

Korf betätigt eine Kaffeemühle,
die bei großer Sommerschwüle
Hitzewellen ganz vertreibt.
Dann verbreitet sich genehme Kühle
und befriedet Durstgefühle,
bis Erleichterung verbleibt.

Auch im Winter findet sie Verwendung,
beispielsweise, wenn mit viel Verschwendung
Schnee sich einstellt um das Haus.
Denn die Kaffeemühle produziert
starke Wärme, wenn es friert,
ja, sie löscht die Kälte aus.

Korf bemüht sich nicht um ein Patent
und verweigert sich modernem Trend.
Seine Mühle ist ein Erbstück-Or'ginal.
Er betreut sie, weil sie einzigartig
und entfernt, was rostig-schartig,
daß sie glänze wie ein Prunk-Pokal.

Muhme Kunkels Zimmer

In der Villa Morgenstern
bleibt ein Zimmer immer dunkel.
Denn hier starb die Magd des Herrn,
auch genannt die Muhme Kunkel.

Richtig war sie mehr als Magd,
eher Haushaltshüterin.
Näheres sei ungesagt,
tut es hier doch nichts zum Sinn.

Auch der Raum wird nur erwähnt,
weil er dunkel bleibt auf immer.
Nicht weil noch ein Auge tränt,
ist der Raum ganz ohne Schimmer.

Irgendwas war schon verschlissen,
als die Jalousie sich schloß,
und der Riemen ist gerissen.
Jemand zog zu burschikos.

Also nicht aus Pietät
bleibt das Zimmer immer dunkel.
Nein, weil niemand hier mehr näht
seit dem Tod der Muhme Kunkel.

Ohne Grund ist das Gemunkel,
daß man irgendwas vertuscht.
Niemals durch das Zimmerdunkel
ist ein Mäuslein je gehuscht.

Auch daß Muhme Kunkel spuke,
ist ein Nonsens. Überhaupt –
Keller, Kammer, Dach mit Luke
werden wöchentlich entstaubt.

Trotzdem bleibt das Zimmer dunkel
aus den dargestellten Gründen,
gleichsam um von Muhme Kunkel
angelegentlich zu künden.

Die Lederhose

Korf hat eine Lederhose,
noch ererbt von seinem Vater
und getragen im Theater
in dem Drama »Alpenglück«.
Deshalb ist sie keine Chose,
sondern ein Erinn'rungsstück.

Korf – wir sprechen jetzt vom Vater –
spielte einst den Alpenprinz,
der zuletzt in einem Krater
totgeschossen liegen blieb.
Das war am Theater Linz
und der Täter Gemsendieb.

Diese alte Lederhose,
nur aus tierischer Substanz,
sitzt als haar- und federlose
Haut an Bauch und Hinterteil
reichlich eng und daher ganz
angepaßt und ziemlich geil.

Manchmal, wenn sie lang getragen,
rührt sich noch aus alten Zeiten,
da sie Purzelbaum geschlagen
oder auf der Alm gehüpft,
starker Drang nach allen Seiten,
als sei Lust hineingeschlüpft.

Korf muß laufen dann und springen.
Etwas hält ihn in Bewegung.
Aber und vor allen Dingen
stößt ihn etwas wie ein Bock,
und die schreckliche Erregung
führt beinahe bis zum Schock.

Es gelingt ihm nur mit Mühe
wieder Frieden herzustellen,
und er meidet Schafe, Kühe,
Ziegen auch, die hastig flieh'n.
Korf erkennt: Die Lederzellen
sind noch immer maskulin.

Der Doppelgänger

Palmström sieht sich plötzlich doppelt
– als er in den Spiegel schaut,
weil sein Kinn mit Bart bestoppelt –
und ihm graut.

Dieser Doppelgänger bleibt,
was geschieht auch, ihm zur Seite.
Ob er badet, wandert, schreibt,
immer ist da noch der Zweite.

Korf erscheint und sagt: »Potz Wetter!
Diese Ähnlichkeit – frappant!
Sie sind sicher Palmströms Vetter«,
und er reicht ihm seine Hand.

Doch der wendet sich fast schroff,
eilt davon und ist verschwunden,
so, als hätte Wasserstoff
sich mit Sauerstoff verbunden.

Wo der Zaun den Park begrenzt,
sieht man auf den Plattenwegen
große Tropfen, und es glänzt
wie nach einem starken Regen.

Korf ist g'radezu verstört,
Palmström ganz befreit hingegen.
Morgenstern, der davon hört,
denkt sich beim Patiencenlegen:

»Palmströms Doppelgänger war
ein Gespenst ganz offenbar.
Doch von Korf als Mensch benannt,
war es essentiell verletzt,
so daß es wie Dampf verschwand
und nur noch den Boden netzt.«

Das Fremdwort

Ein Fremdwort aus dem Radio
fand Ohren zwar, doch kein Gehör.
Es kam zu unvermutet.

Es klang wie ein Adagio
g'rad so, als hätte ein Chauffeur
sehr sanft zweimal getutet.

Es schien ganz neu und attraktiv.
Da bat so manches Institut
um Auskunft und Erklärung.

Der Intendant schrieb einen Brief:
»Das war ein junger Tunichtgut,
der sprach nur auf Bewährung.

Er hat die Silben falsch betont,
genuschelt auch – fatal nasal,
ein krasses Fehlverhalten!

Kein neues Wort! Nur ungewohnt.
Bedauerlich ist der Skandal,
und Alles bleibt beim Alten.«

Herr Morgenstern – sehr amüsiert –
hat diesen Ausdruck prononciert.
Das Fremdwort aus dem Radio
sprach er zunächst ganz *comme il faut*.
Das kam ihm häßlich vor und roh.
Erst falsch betont und zwar nasal,
erschien das Wort ihm so tonal,
daß er es als ein Klangmotiv
aufnahm in Wortschatz und Archiv.

So blieb des Rundfunkmannes Lapsus
erhalten wie ein hübscher Schnappschuß.

Radau

Die Nacht war lau,
die Nacht war blau.
Die Regenrinne träge troff
vom vielen Wasser, das sie soff.
Die Dunkelheit
im dunklen Kleid
schlief hingelagert auf dem Damm
mit beiden Füßen tief im Schlamm.

Doch noch vor Morgengrau und Tau
sprang auf im Stall des Bauern Sau
und schrie wie eine Säge.
Der Hofhund heulte heiserhohl,
die Hasen pfiffen schrill im Kohl,
die Uhr verteilte Schläge.

Die Nacht war laut,
noch angeblaut.
Die Dunkelheit versank
im Schlammbad und ertrank.
Die aufgeregten Bauersleut',
die haben ihren Hund verbleut.
Am meisten schlug die Frau.
Radau, nichts als Radau.

Der Morgenstern,
verschwommen fern
am Horizont,
erschien vor Regenwolkenfront.
Er kam aus der Taverne
mit einer Stallaterne.
Und unbeirrt in dem Tumult
verschwand er still und voll Geduld.

Dagegen schimpfte Ringelnatz
wie Elster, Drossel, Fink und Spatz
und rief: »Ihr Übeltäter!«
– Doch das war erst viel später.

Die Warze

»Gestern schriebst du über deine Warze,
daß dich die Erscheinung plagt.
Damit trafst du wohl ins Schwarze,
deshalb sei dir liebevoll gesagt:
Unvergessen ist das Viertelstündchen
tief im Park in einer Laube!
O, wie süß ist doch dein Mündchen ...
Dabei haben wir – ich glaube –
deine Warze ganz vergessen
und noch lange dort gesessen.
Es ist besser, anzunehmen,
was Natur uns läßt und schenkt
– wie ein Prüfling seine Themen.
Denn das Schicksal, das uns lenkt,
braucht am Ende doch wohl beides,
aus der Freude große Kraft,
Einsicht als die Frucht des Leides,
Energie, die beides strafft.

Deine Warze, rechts vom Ohr,
säh' man nicht, wärst du ein Mohr.
Mit ihr leben mußt du lernen.
Stell dir vor, du hättest keine!
Laß sie nicht vom Arzt entfernen!
Manche haben krumme Beine,
so zum Beispiel, wo ich wohne!
Komm nur ja nicht plötzlich ohne!
Denn ich liebe dich doch ›mit‹.
Narben hinterläßt ein Schnitt,
das sieht ganz martialisch aus.
Doch nun Schluß mit dem Kapitel!
Sende Brief und Blumenstrauß,
und ich weiß noch and're Mittel ...
Herzlich grüßt dich mit dem Kringel
dein dich liebender Natz Ringel.«

Als das Mittagsmahl gemundet,
trifft er Morgenstern mit Hund,
der sich nebenbei erkundet,
ob vielleicht aus gutem Grund
diese Dame mit dem Dings
im Gesicht am Munde links ...
»Ja«, sagt Ringelnatz und geht
eilig weiter, weil er haßt,
daß ein gläubiger Ästhet
sich mit diesem Fall befaßt.

Regen

Morgenstern beschwört den Regen
– denn er kommt ihm ungelegen –
mittels einer Litanei
aus dem tiefsten Paraguay.

Dies bewirkt, daß alle Tropfen
nun gemeinsam aufwärts streben,
wo sie schwarze Wolken stopfen,
die sich eilig fortbegeben.

Bald ist alles wieder trocken,
und die lauen Lüfte wehen.
Morgenstern spürt das Verlocken,
sich im Freien zu ergehen.

Er verläßt mit flinken Schritten
seinen Schreibtisch und die Wohnung.
Angesichts der Wolken bitten
ferne Menschen nun um Schonung.

Doch die Wolken, tief gehängt,
gießen Wasser auf die Glieder.
Was als Niederschlag verdrängt,
schlägt sich nun woanders nieder.

Morgensterns Gewissen ruht,
und er spürt auch kaum Beklemmung,
als er liest von Regenflut
– westwärts weit – mit Überschwemmung.

Nasen-Paraphrase

Morgenstern schreibt eine Paraphrase.
Das Objekt ist eine Nase,
welche groß, ja, fast gewaltig,
schnell erschnuppert und erkennt,
was – zum Beispiel schwefelhaltig –
unter Steinen und Zement
lagernd auf Entdeckung harrt.
Weil die Nase niemals narrt,
preist man sie als Top-Talent!

Neulich – und dies nur am Rande –
roch sie, wo die Schwefelbande
sich im Land verborgen hielt
und die siebzehn Männer zählte.
Als die Polizei gezielt
sie aus ihren Mänteln schälte,
sah man, daß es Frauen waren.
Der Geruch von ihren Haaren
war es, der die Nase quälte.

Kürzlich hat die Nase laut geniest,
und sie weckte so ein Riesenbiest,
das – halb Drachen und halb Spinne –
in verdreckten Höhlen schlief.
Müde kroch es über Riß und Rinne,
troff vor Schleim und roch nach Mief,
was die Nase so entsetzt,
daß sie heftig nieste, und zuletzt
fiel das Untier klaftertief.

Hat die Nase wohl zuviel gerochen?
Hat das Schicksal sie gebrochen?
Weiß man doch, daß die Begabung
oftmals Bürde ist und Last.
Jedenfalls bei einer Grabung
knickte sie wie mancher Mast.
Und mit diesem starken Knick
schwand die Kunst im Augenblick.
Alles war geruchlos – fast.

And'rerseits war dieser Knick
auch ein glückliches Geschick.
Denn die Nase konnte schnarchen,
daß geplagt von wilden Schrecken
Terroristen und Anarchen
flohen, um sich zu verstecken.
Auch die Diebe in der Nacht
haben sich davon gemacht.
Niemand lauert hinter Hecken.

Wiederum berühmt geworden,
schenkt der Staat Pension und Orden,
hat ein Rittergut gekauft.
Danach – es ist kaum zu glauben –
hat die Nase stark geschnauft
und entwickelt nun ein Schnauben,
das den größten Brand entfacht
und die Erde beben macht.
Bäume brechen und entlauben.

Diese Leistung einer Nase
führt uns in die neue Phase ...
Aber Morgenstern beschließt,
daß die Paraphrase endet.
So geschieht's, daß Regen fließt
und das Unheil sich noch wendet.
Fort die Geister, die er rief!
Dies berichtet er im Brief,
den er dem Verleger sendet.

Früh morgens

Morgenstern macht seinem Namen Ehre,
weil er früh schon durch die Landschaft schreitet,
seiner Straße folgend bis zur Kehre,
wo der Stadtpark seine Lungen weitet.

Geist und Arme ausgebreitet,
liebt es Morgenstern zu singen
und vom Vogelchor begleitet,
der Natur ein Ständchen darzubringen.

Manchmal kommt dann wer geschlichen,
schwankend wie ein Tagelöhner,
und er wirkt recht angeblichen.
Gestern mittag war er schöner.

Ringelnatz, denn dieser ist es,
ruft mit Schädelschmerz befrachtet:
»Hat der Morgen nicht was Tristes,
wenn man ihn bei Tageslicht betrachtet?«

Dieser will den neuen Tag beginnen,
und er läßt sich von dem frischen Glanz beglücken.
Jener denkt nur an Plumeau und Linnen,
mit der ganzen Nacht auf seinem Rücken.

Morgenstern wünscht taktvoll »süßen Schlummer«
und zieht singend fort wie Orpheus.
Ringelnatz, ein müder Brummer,
sehnt sich nach dem Bett und Morpheus.

Tradition

Ringelnatz stopft seine Socken
ungern, doch mit leichter Hand,
die, sobald sie völlig trocken,
hängen am Kaminsims-Rand.

Dabei denkt er an die Mutter.
Diese stopfte liebend gern,
flickte auch das Jackenfutter
rasch für die möblierten Herrn.

Und er denkt an Tante Käthe,
die viel stopfte oder flickte,
ferner große Roben nähte
und noch Monogramme stickte.

Dann die Großmama aus Beuthen
– ganz gewiß der Stolz der Sippe.
Diese fertigte aus Häuten
Decken gegen Mumps und Grippe.

Schließlich die berühmte Ahne,
die – berichtet die Legende –
schuf des Königs Siegesfahne
zu des langen Krieges Ende.

Ringelnatz stopft aufgerichtet
vom Gefühl der Tradition,
und, obwohl er lieber dichtet,
sieht er Stopfen nicht als Fron.

Die Wanne

Morgenstern hat eine Badewanne,
die sich ohne Schwierigkeiten falten läßt
und – wenn man sie tüchtig preßt –
flach wird wie die flachste Pfanne.

Sie besteht aus einer Art von Segeltuch,
Fischbein stärkt die vielen Kanten,
und geschmückt mit blauen Elefanten
wirkt sie wie ein Märchenbuch.

Diese Wanne ohnegleichen
ist – mit Chinawachs beschichtet –
ganz vortrefflich abgedichtet,
und kein Tröpfchen kann entweichen.

Morgenstern kann nun auf Reisen
in Hotels und in Pensionen
ohne Bad und Dusche wohnen.
Palmström ist hier hoch zu preisen.

Taschenwannen bauen war sein Ziel.
Das Ergebnis zeigt den Meister.
Leider fehlt – ach gute Geister! –
zum Entleeren ein Ventil.

So mit Eimer oder Kanne
schöpft, sobald das Bad vollzogen,
Morgenstern in hohem Bogen
Badewasser aus der Wanne.

Dieses schmälert das Vergnügen.
Doch gepaart ist ein Genuß
oft mit Mühe und Verdruß.
Darin gilt es sich zu fügen.

Die Firma

Palmström und Herr Dr. Enzian
haben sich zur Partnerschaft verbündet
und mit Kapital von Tamerlan
eine OHG mit Sitz in Köln gegründet.

Basis ist für diese Bindung
– wer sie kennt, der weiß das schon –
das Bemühen um Erfindung
und danach um Produktion.

Korf obliegt der Briefverkehr,
Palma Kunkel die Verwaltung.
Witwe Winter sorgt für Flair,
Anatol treibt Lagerhaltung.

Dreizehn Wochen und zwei Stunden
– dann gerät der Plan zur Tat!
Von den Firmenchefs erfunden,
steht der neue Apparat.

Dieser mischt aus Klang und Farben
Bild um Bild und projiziert
es durch helle Lichtergarben
auf ein goldenes Geviert.

Korf als Zeuge des Spektakels
zeigt sich heute noch entzückt,
ungeachtet des Debakels,
daß kein zweiter Start geglückt.

Jene Kölner OHG,
einstmals der Erfinder Stolz,
ist verkauft nach Übersee
und vertreibt nun Kistenholz.

Palmström, Enzian und Korf
zahlen langsam ihre Schulden.
Tamerlan in Düsseldorf
muß sich wie die Bank gedulden.

Palma Kunkel trägt es stoisch,
Witwe Winter kocht Kaffee.
Anatol lobt als heroisch
jedenfalls die Grundidee.

Die Wendung

Ringelnatz, von Amors Pfeil getroffen,
fühlt sich wie ein Frühlingskater,
und er hat sich sehr besoffen
zwischen Depression und Hoffen.
Schließlich geht er ins Theater.

Dort spielt man ein neues Stück,
manche nennen es »modern«.
Jedenfalls, blickt man zurück,
kennt es Hoffnung nicht und Glück.
Das sagt auch Freund Morgenstern.

So stürzt Ringelnatz in Frust,
freudlos ohne jedes Maß.
Schluchzen schüttelt seine Brust.
Er beklagt schon den Verlust
jener, die er nicht besaß.

Morgenstern bringt ihn nach Haus,
schiebt ihn durch die Tür und geht.
Ach, was sieht das trostlos aus,
wenn man wie der kleine Klaus
auf der dunklen Treppe steht!

»Endlich!« flüstert da ein Mündchen,
und er spürt den ersten Kuß.
Dann nach einem Viertelstündchen
folgt er wie ein braves Hündchen
bis zum ... Na, nun aber Schluß!

Erläuterungen

Duzfreunde: Morgenstern war niemals Steuermann, Ringelnatz ist zur See gefahren, zuletzt als Leutnant und Kommandant eines Minensuchbootes (1918). 1923 zeigte Flechtheim in Berlin erstmals Bilder des Malers Ringelnatz.

Seepferdchen: Der »bürgerliche« Name von Ringelnatz war Hans Bötticher. Das »Nasobem« ist Morgensterns Erfindung und eines seiner berühmtesten Gedichte. Er schreitet »auf seinen Nasen« und wird von seinem Kind begleitet; im Brehm steht es nicht – betont Morgenstern.

Wegweiser: Palmström ist eine von Morgenstern erfundene Figur, die ihr eigenes Leben führt und deren Wirken in einer größeren Zahl von Gedichten geschildert wird. Als Begleiter stellt sich Korf (auch v. Korf) ein, eine adäquate Ergänzung. Eine weitere Figur Morgensterns ist Palma Kunkel.

Schwips: Anspielungen auf das Gedicht »Im Park« von Ringelnatz und das Gedicht »Das aesthetische Wiesel« von Morgenstern.

Das Huhn: Bezugnahme auf das Gedicht »Das Huhn« von Morgenstern.

Das Mondkalb: Das »Mondschaf« erscheint in zwei Gedichten Morgensterns. Das »Mondkalb« spielt eine Rolle in seinem Wiesel-Gedicht.

In Paris: Roland Topor, geb. 1939, Satiriker, Zeichner und Autor (u. a. »Memoiren eines alten Arschlochs«) lebte bis zu seinem Tod in Paris.

Das Knie: Berühmtes Gedicht von Morgenstern (»Ein Knie geht einsam durch die Welt. Es ist ein Knie sonst nichts! ...«)

Ringelnatz in Düsseldorf: Morgenstern schrieb das Gedicht »Korf in Berlin«. Darin heißt es: »Zwar erblickt man ihn nicht leiblich ...« Er sei schlechterdings ein Geist, »weder männ- noch weiblich«.

Grusel-Story: Edward Gorey (1925-2000), amerikanischer Autor und Zeichner (z. B. »Eine Harfe ohne Saiten«). Oskar Kokoschka nannte seine Arbeiten »sublim, absurd und mystisch«.

Antik: Joseph Beuys (1921-1986), bildender Künstler und zeitweise Professor an der Staatlichen Kunstakademie Düsseldorf; Piene, ebenfalls bildender Künstler aus dem Rheinland, Mitglied der Künstlergruppe »Zero« in Düsseldorf (zusammen mit Mack und Uecker).

Kusenberg: Kurt Kusenberg (1904-1983), Schriftsteller und Lektor des Rowohlt Verlags, Kunstkenner und Kritiker, machte in Deutschland Zeichner wie z. B. Erich Ohser, Raymond Peynet und James Thurber bekannt.

Fürst Wittgenstein: Fürst Wittgenstein tritt in dem Gedicht »Kuttel Daddeldu und Fürst Wittgenstein« von Ringelnatz auf und beschwert sich über das Benehmen des Seemanns mit den Worten: »Das widerspricht selbst der simpelsten populären Politesse.«

Helden: Morgenstern war niemals Sanitätsgefreiter und niemals im Krieg.

Tamerlan: mongolischer Herrscher (1226-1405)

Zarah: Zarah Leander, schwedische Filmschauspielerin und Sängerin, Hauptdarstellerin in deutschen Filmen der 30er und 40er Jahre; Eleonora Duse (1859-1924), italienische Schauspielerin (Tragödin).

Kachelofen: Bezugnahme auf das Gedicht »Ich habe dich so lieb« von Ringelnatz. Die erste Strophe lautet: »Ich habe dich so lieb! / Ich würde dir ohne Bedenken / eine Kachel aus meinem Ofen schenken.«

Störtebeker: Klaus Störtebeker, Seeräuber, Haupt der Vitalienbrüder, 1401 von den Hamburgern gefangen und 1402 hingerichtet.

Die Firma: Dr. Enzian ist eine vom Dichter Peter Paul Althaus erfundene Figur und betätigt sich vorwiegend als Forscher und Erfinder. Betreut wird er von Witwe Winter und dem Diener Anatol. In einem Gedicht begegnet Dr. Enzian Herrn von Korf und bald darauf einem Studienrat, der – vergeblich – eine nähere Verwandtschaft zwischen beiden zu »konstruieren« sucht.

Joachim Klinger

Freispruch für die Karikatur

Ein Plädoyer für »Die bucklige Tochter der Zeichenkunst«

Mit 14 Karikaturen des Verfassers

64 S. • Broschur • EUR 12,80 • ISBN 3-933749-26-3

Juristen sind üblicherweise bevorzugte Objekte von Karikaturen. Hier aber steigt einer, der nicht leugnen kann, Jurist zu sein, selbst in die Arena der Karikatur, um seine bildliche Satire anderen angedeihen zu lassen ... Aber auch ihm sind wie anderen Karikaturisten die Juristen zumindest partiell Objekt der Karikatur. Indem er nämlich Freispruch für die Karikatur fordert, nimmt er die am Verfahren beteiligten Juristen ins kritisch-liebevolle Visier; bildnerisch dargestellt finden sich auch die von Klinger mit Recht besonders geschätzten Karikaturisten, so vor allem *Honoré Daumier*, *Heinrich Zille*, *Wilhelm Busch* und *A. Paul Weber*. Dabei weiß er sich nicht nur der Feder als karikierendem Zeichenstift augenöffnend zu bedienen. Er führt auch die Feder des Schreibers elegant und überzeugend. So ergänzen sich Schrift und Bild vorzüglich; und niemand, der beides auf sich wirken läßt, wird so herz-, lieb- und niveaulos sein, die Karikatur, wie sie von unserem Künstler charakterisiert wird, zu verurteilen. *Joachim Klinger* erweist sich nämlich mit seinem Plädoyer nicht nur als zeichnender und schreibender Künstler, sondern auch als großer Moralist.

Aus dem Geleitwort von Prof. Dr. Horst Sendler,
Präsident des Bundesverwaltungsgerichts a. D.

Rezensentenurteil: Keine Insider-Lektüre – ein Grundsatzverfahren in Sachen Demokratie. Lesepflicht zur generellen Bewährung. *Jochen Arlt, neues rheinland*

www.grupello.de

Ulrich Harbecke

Mantel, Schwert und Feder

St. Martins Ritt durch die deutsche Literatur
Literarische Parodien
Mit 17 Illustrationen von Joachim Klinger
120 S. • Broschur • EUR 12,80 • ISBN 3-928234-69-2

Die Parodien sind nicht allein für Literatur-Experten bestimmt. Harbecke verfremdete ausschließlich berühmte Gedichte ... So können die Neudichtungen auf schnelle Pointen verzichten, auf belanglose Gags, auf lockere Wortspiele. *Ulrich Harbecke* entwickelt vielmehr seine Parodien, läßt ihnen Zeit, ist mal zurückhaltend, mal kräftig in der Überzeichnung. Dieser literarischen Gangart passen sich auch die Zeichnungen von *Joachim Klinger* an ... Alles ist erstunken und erlogen, die St. Martin-Legende wird verfälscht, und klassische Gedichte werden verunglimpft. Kurzum: Es sind herrliche literarische Parodien entstanden! *Lothar Schröder, Rheinische Post*

Ulrich Harbecke

Literadatsch

Neue Parodien
Mit 17 Illustrationen von Joachim Klinger
80 S. • Broschur • EUR 12,80 • ISBN 3-933749-04-2

Nur wenigen ist es bekannt, daß der *König von Thule* – »gar treu bis an das Grab« – *nach* seinem Tode die Treue gebrochen hat ... Zudem erfahren wir, warum der Birnbaum, den der *Herr von Ribbeck auf Ribbeck* nachgelassen hat, *heute* in seiner Produktion nachgelassen hat ... Oder weshalb die Loreley in Konflikt mit der Bundesdeutschen Wasserschutz-Polizei geriet ... Schließlich schildert uns der Dichter in seiner Ballade »Der Lehrlingszauber« auf dramatische Art und Weise, was alles passieren kann, wenn man die »Wort und Werke« der großen Meister nachahmt, die doch zum Teil auch viel Wasser enthalten ...

www.grupello.de